El paracaidista

ſ

Ana Campoy

EL PARACAIDISTA

las afueras

© Ana Campoy, 2024

© de esta edición, Editorial Las afueras, 2024
Av. Diagonal, 534, 2º 2ª
08006 Barcelona

Primera edición: noviembre 2024
Primera reimpresión: febrero 2025

ISBN: 978-84-128943-7-0
Depósito Legal: B 18183-2024

Dirección editorial: Magda Anglès y Francisco Llorca
Diseño de la colección: Hermanos Berenguer
Producción y maquetación: Bet Nel·lo
Comunicación: Manuela Palazuelos
Corrección: Maitane Dóniz

Imagen de la cubierta: *Viernes Santo. Bercianos de Aliste 1971. nº 24*
© Rafael Sanz Lobato, VEGAP, Barcelona, 2024

Impreso y encuadernado en Kadmos en papel proveniente de fuentes
manejadas de forma responsable, tanto ambiental como socialmente.
Printed in Spain – Impreso en España

Índice

Vive, pues, desvergonzada, pero seguirás colgada; y para que no te creas a salvo en el futuro, este castigo recaerá sobre tu estirpe, hasta tus últimos descendientes.

OVIDIO, Metamorfosis

Los hijos, la comida, ganar o perder guerras, todo era excesivo, atroz, no estaba preparada para ello, no era sino un débil embrión incompleto, dando tumbos en el vacío. Cayendo, cayendo siempre, sin chocar, siquiera, sin estrellarse, en un final. Cayendo en el vértigo, tras una parpadeante esperanza.

ANA MARÍA MATUTE, Luciérnagas

A todas las que callaron

I

La Tuerta lo había sentido. Aquella madrugada las ovejas habían estado más inquietas que de costumbre. Acababa de recoger la leche y se encontraba en la puerta de la casa. Había detenido la mirada en el Chico, en su espalda salpicada de huesos que había dejado de ser la de un niño y se transformaba ya en caparazón.

A lo lejos, el Chico removía con la pala el suelo humeante, pero, cuando vio precipitarse la maraña de cuerdas, tela y tendones, la soltó a un lado. La Tuerta permaneció quieta al divisar el ovillo. Recorrió la línea que había surgido de las nubes y que descendía hasta el hijo. Solo cuando entendió que se le venía encima, arrojó el cubo y corrió hacia él, campo a través.

Había caído del cielo. Envuelto en su bulbo de seda. Como un ser de una especie desconocida. Un pedazo de materia sin catalogar. Inerte. Como los pájaros que surcaban el horizonte y acababan en tierra por error. Porque no tenían otro sitio donde abatirse. En mitad de la nada. Que era todo aquello.

El paracaidista había caído justo delante del Chico, que fue el primero en socorrerlo. Los jirones de tela, revueltos con la tierra, lo envolvían como los pétalos de una flor marchita, y entre ellos, brotando entre el desastre, surgió una cara similar a la yema de un espárrago.

La Tuerta observó su piel translúcida, casi harina, asomando como una larva. Después, tal y como era preciso, camufló su primera impresión de asco y la cubrió de lástima. Se colocó por delante del Chico y se apresuró a aflojar las cuerdas para que al caído le entrara el aire.

El rostro del paracaidista era una mueca a medio hacer. Al ver aquel gesto detenido, la Tuerta lo tomó de los hombros y lo sacudió como a un costal. El aire pasó, silbó en los recovecos y arrancó los primeros movimientos.

El traslado hasta la casa se produjo en silencio. Ni la madre ni el hijo creían que hablar fuera necesario. Solo los jadeos del Chico cargando el cuerpo perturbaban la mañana. Hasta que la Tuerta decidió que ya estaba bien, que el cansancio del hijo se merecía un consuelo.

—Éntralo.

La Tuerta tiró de la tela y ayudó a arrastrarlo hasta la cocina. La sangre del paracaidista se estampaba contra las baldosas formando un camino de estrellas. Era necesario ver de dónde salía.

—No des la luz.

El zumbido de la bombilla habría empezado el día y la Tuerta se resistía a iniciarlo. Aquello debía terminarse en la intimidad del amanecer. Que la hija pequeña no se asustara y que el marido no viera en él un problema. Por mucho que a la Tuerta le perturbara su aspecto, dependía de ella que no acabara abandonado en el camino.

Ordenó al Chico que lo colocara encima de la mesa y estiró del envoltorio que lo cubría. Después, observó al hombre.

El caído reaccionó. Varios intentos de palabras surgieron de su boca. Lo hicieron a borbotones, en un delirio incomprensible. La Tuerta le posó la mano en la frente. Estaba ardiendo.

Retiró el paracaídas y la tela se deslizó hasta formar un hatillo en el suelo. La Tuerta le pidió al Chico que trajera agua y unas tijeras. Era necesario revisar el cuerpo y coser las heridas que se vieran por fuera. Lo de dentro sería cosa de él.

Las protestas llegaron con la primera puntada. Al tomarlo del hombro para darle la vuelta, Chico se había fijado en que tenía varios huesos rotos, pero no fue hasta la costura cuando el herido gimió de dolor. La sangre brotaba del costado, un poco más abajo de donde se dice que está el riñón.

Mientras la Tuerta le cerraba el cuerpo, Chico se retiró para dejarla hacer. Desde el umbral de la cocina observó a su madre. Su figura raquítica, como la espina de un pescado. La Tuerta y su silencio. La que nunca hablaba si no se lo pedían.

En el pueblo se decía que no había nadie como la Tuerta con una aguja en los dedos. A Chico le gustaba que su madre tuviera un talento. Ella nunca lo sacaba a relucir, pero aquella mañana el destino quiso que el saber de ella fuera importante.

Le encantaba disfrutar de esos momentos, cada vez más raros, en los que su madre le decía qué hacer. Hacía mucho que no pasaba. Lo echaba de menos.

LA CASA

II

Chico nunca añoraba su nombre. Alguna vez lo tuvo, pero ya no lo recordaba. Ahora solo le llamaban como lo que era, un chico, y a él le gustaba saberse la única persona con derecho a esa palabra. Así. Siempre para él y nunca para nadie más.

Si Chico echaba la vista atrás, la memoria solo le devolvía cientos de personas repitiendo el mote hasta colgárselo del cuello. Como si le fijaran el apodo en piedra y taparan el otro, el que jamás fue suyo y el tiempo acabó olvidando.

Las mañanas como aquella, esos días escasos en los que sucedía algo distinto, Chico se escapaba a mirar la vía del tren. Buscaba el lugar perfecto en la ladera, al abrigo de la gran roca con forma de perro. Desde aquella atalaya divisaba el apeadero y el surco de hierro que se perdía entre los olivares, a la espera de los convoyes que asomarían a lo lejos.

Mientras aguardaba los trenes, Chico a veces se figuraba lo que harían los otros en el colegio. Pensaba en el Bardo, tiritando sobre la silla, mordiéndose las uñas y los pellejos. Cuando Chico aún iba a la escuela, a veces le llevaba algo consistente para calmarle el hambre. El Bardo tenía la barriga muy hinchada. Sonaba tanto que era imposible concentrarse en las lecciones. Y ahora, sin el Chico a su lado, el Bardo no tendrá más remedio que comerse a sí mismo.

A Chico la escuela le había durado los inviernos imprescindibles. Mientras la cabeza se le llenaba de ideas, el cuerpo crecía, ganándole la carrera. La mente luchaba por abrirse paso, pero los músculos se esforzaban en dejarla atrás. Una pelea entre sesos y centímetros. Año tras año. Hasta que el padre dijo basta y ordenó que el hijo se quedara a su lado. Ya sabía lo necesario para la vida. La huerta, las olivas y las ovejas. El resto era perder el tiempo.

A pesar del frío que barría la ladera, Chico solía quedarse hasta el atardecer, acompañado por el silencio y la roca en forma de perro. Un jefe de manada digno de serlo. Si le hubieran interrogado, jamás habría confesado que su escondite favorito era ese. Ni bajo amenaza de muerte. Pero, por fortuna, nadie se había interesado por dónde iba él con las ovejas. Ni por intentar matarlo.

Cuando aún hacía poco de su exilio de la escuela, a veces acompañaba al Bardo a la orilla del río. Juntos compartían el canto de pan con aceite que Chico cortaba con la navaja verde y, mientras masticaban, veían los peces pasar.

A pesar de la gana que pasaba, su amigo siempre parecía contento. Solo hubo una ocasión en que el Bardo no estuvo bien. Sucedió en uno de los días negros. Esos en los que la desgracia planeaba por los tejados.

Aquella vez, la sombra se había instalado sobre la familia del Bardo. Nadie supo por qué. El mal giraba, tronaba y aniquilaba el hogar más inesperado.

Cuando la sombra traía un día negro, nadie podía distinguirlo del gris del paisaje. Pillaba de improviso. Como ese día, el del Pico, el hermano del Bardo. Cuando se escuchó el disparo.

Había sido en una jornada engalanada de verbena. Chico había bajado a la fiesta y por eso pudo oírlo. Muchos lo confundieron con el jaleo. Con los ruidos que acompañaban a los cabezudos.

Se descubrió por la tarde, en mitad del jolgorio, cuando la madre del Bardo entró en el cuarto y se encontró con el hijo muerto. Poco después, el Bardo se había echado al campo. Y al enterarse de la tragedia, Chico supo enseguida dónde buscarlo. Para el Bardo, el río era tan sagrado como para él la vía del tren.

Cuando Chico alcanzó el alto del camino y descendió hasta el descanso del meandro, se quedó clavado al ver la silueta de su amigo. Allí dejó pasar el tiempo mientras el sonido del agua calmaba la espera.

El Bardo detectó su presencia, y el calor de la compañía lo quebró todo. Hundió los dedos en la tierra y se dobló como un junco tierno. Chico se limitó a escuchar sus gemidos. Atendió a la purga como el que ve curar una herida. No habló. No quiso mencionar que jamás contaría aquello.

*

El hermano del Bardo se había matado y nadie supo por qué ese muchacho se quiso morir.

Ocurría desde hacía años. Y tuvo que pasar bastante tiempo hasta que alguien se atrevió a decirlo, que abrió la boca y susurró lo que allí empezaba a pasar, que la gente de aquel lugar se empeñaba en morirse. Y cuando el valiente lo dijo, todos asintieron.

La gente se mataba, sí, y lo hacían sin que nadie lo esperara, como si les hubiera entrado un mal en el cuerpo. Era algo tan negro que no podía aclararse. Ni con toda el agua del río. Se pegaba como las costras del fondo de la olla, y antes o después se mezclaba con todo lo demás.

El Santo Nuevo decía que así pasaba desde hacía mucho. Que cuando el Santo Antiguo le traspasó la gracia le había advertido sobre ello. Le había dicho que, cuando terminara la guerra, aquellas cosas sucederían cada vez más y que no habría modo de detenerlo.

Pero de curanderos tampoco había que fiarse. Era lo que decía el padre. Y, aunque padre renegara siempre de todo y de los de alrededor, Chico sabía que no iba desencaminado.

Qué sanación es esa si la gente sigue colgándose de los árboles, decía el padre. Quién va a creer en el poder de un santo, por mucho santo que sea, si los hijos se revientan los sesos con una escopeta.

Cuando su padre maldecía y su madre se levantaba de la mesa, a Chico se le quedaba entera la frase. La guardaba para rumiarla y después opinar que sí, que el Santo solo era un hombre y que, por mucho que dijera que sanaba, él también tendría que morirse. Y que qué gracia se puede tener si uno también puede marcharse al infierno.

Pensar en eso le daba miedo. Pero al final de todo siempre le quedaba su lugar en la ladera. Cerrar los ojos, palpar la vibración de la vía y que el eco le borrara la amargura.

Solo una vez el refugio no fue suficiente y deseó dejarlo atrás. Bajar, subirse al tren y desaparecer. Huir. Como el Bardo en el río. Fue aquella ocasión, la única, en la que acudió a la roca solo con la luz de las estrellas. Esa noche sin luna en la que faltó muy poco para que descubrieran su escondite. Su propio día negro.

Cuando el recuerdo se le cuela en la frente, Chico aprieta la mandíbula para dejarlo marchar. No se permite curiosear en los detalles. Solo recuerda el frío. El modo de acurrucarse mientras la piel le tiritaba por fuera y el miedo le quemaba por dentro.

Fue en el ocaso de aquel día en el que vio a su madre atada a la cuerda. Cuando llegó a tiempo de quitarle la soga del cuello. Ese atardecer faltó muy poco para llorar a la Tuerta bajo la oliva. Chico buscó cobijo junto a la piedra hasta el sonido del alba. Más tarde, de vuelta en el patio, entendió que el padre ya había salido. La casa estaba vacía, pero el suelo seguía cubierto de pedazos. De daño desperdigado.

*

La mayoría de las veces, Chico acopiaba los pensamientos para removerlos sobre la vía. Aquella mañana, tras dejar a la Tuerta con el hombre medio muerto, había marchado hacia su refugio acompañado de las ovejas. El cielo parecía un cristal recién lavado y, al observarlo, Chico se había sentido más pequeño que nunca.

En la escuela les habían dicho que el mundo estaba reunido en una única masa redonda. Que la tierra se curvaba y regresaba sin que nadie supiera señalar dónde estaba el final.

A veces, Chico imaginaba esa bola sin límites. Por eso le fascinaba la vía y figurarse hasta dónde continuaría. Pero, si ninguno de los de alrededor, ni su madre ni los del pueblo, se preocupaba por saber qué había más allá, sería porque en los confines no habría más que esos mismos caminos, alargándose hasta girar y regresar.

Aquel día, sentado en su escondite, Chico no esperaba más novedad. Su cabeza rebosaba con todo lo de la mañana y no suponía más acontecimientos cuando el tren apareció. Pronto los viajeros, diminutos, como un espeso manto de hormigas, invadieron el apeadero. Subían y bajaban los escalones de camino hacia el transporte que los llevaría al pueblo, en mitad del instante que ninguno recordaría al cabo de un rato.

Por eso, cuando el tren vomitó aquella caja de madera, Chico se sintió como si allí también sucediera algo excepcional. Ocurrió en lo que tarda un suspiro en liberarse. El bulto pasó desapercibido entre el gentío, pero Chico sí lo divisó y lo siguió con la mirada.

Un mozo corpulento arrastraba el baúl hacia el borde del vagón. Después, el operario saltó al suelo y tensó los brazos para recibir el apoyo de un compañero. Chico estaba lejos, pero hasta desde allí se adivinaba que la caja pesaba mucho. Ni siquiera con los otros dos mozos que aparecieron para ayudar fue posible avanzar más de un paso aquel misterio.

El dueño de la caja, el que a buen seguro la había pagado, aguardaba de espaldas al pie del apeadero. Empujaba el aire con la mano, bajo su sombrero hongo. Trataba de imbuir fuerza a los porteadores, como si de sus anillos salieran hilos que pudieran mover a las personas. Después alguien trajo una carretilla y se apresuró a tapar el bulto con un trapo. Era como el baúl de un hechicero.

Chico supuso que pronto sabría lo que estaba ocurriendo. Solo había que esperar a que las voces se extendieran por el pueblo como el humo de las chimeneas. Pues así es como sucedía siempre. Cada una de las veces.

III

Cuando era pequeña, la Tuerta creía que su padre era un mago. Eso pasó cuando la Tuerta aún no era tuerta, cuando los comerciantes iban y venían y el mundo todavía no era negro, ni estaba lleno de muertos.

La Tuerta recordaba el destello de los caracoles. Las manos diminutas abriéndose paso por la bata gris del padre hasta alcanzar el bolsillo. Deslizar el índice y palpar una concha que él hubiera rescatado para ella.

En aquella época, los forasteros paraban en la casa y se alojaban varios días a la espera de sus encargos. Trataban al tintorero con tal reverencia que la Tuerta lo atribuía a algo sobrenatural. No había otra explicación. Todos veneraban sus telas, pues sus colores eran maravillas de la alquimia que ningún otro sabía cómo obtener.

Era un secreto lo que su padre hacía dentro del taller de teñido. La Tuerta recordaba la puerta con los postigos y la casa de piedra donde tenía prohibido el paso. Su padre se encerraba allí solo y nadie podía molestarlo.

Por entonces, el taller estaba en un cortijo retirado del pueblo. Cuando la luna asomaba en la alcoba, se lo figuraba encerrándose en el caserón, confinándose entre los muros que durante mucho tiempo fueron un acertijo para ella.

Cada vez imaginaba un mundo distinto detrás de la puerta. El cuarto secreto la transportaba a fantasías como las de sus cuentos. En unas, al interior de un castillo; en otras, a la gruta de un gigante o a la cueva de un hada. Pero la peor era la del agujero. La del temor de que algo malo le pasara al padre.

En las noches sin luna, la Tuerta soñaba con caracoles negros y a veces, en sus pesadillas, los caracoles también le cubrían el cuerpo. Con su transitar lento, le teñían la piel con la púrpura valiosa. Ese pigmento viscoso que solo el padre conocía y que en sus brazos cobraba un aspecto sangriento.

Aquella mañana, tras atender al herido, la Tuerta había recogido los trapos, cerrado el costurero y guardado todo en la alacena. Fue al rebuscar entre los tarros de legumbre cuando le asaltó el recuerdo y sus manos se detuvieron del mismo modo que el reloj al que se le termina la cuerda. Evocar aquel sueño siempre era desagradable. Fue hasta la balda, cogió lo que necesitaba y salió de la cocina.

Sentada en la mecedora, saboreó el licor entre los labios. Solía esconderse en la esquina del patio, a salvo de las miradas que juzgaban lo que no entendían.

La mañana de cuidados con el paracaidista había sido ajetreada. Le había retrasado en todo lo demás. Dio gracias por que el marido hubiera marchado antes del alba. Habría tenido que abandonar al desconocido a su suerte. Algo que más tarde le habría atormentado con más pesadillas llenas de caracoles.

El calor del alcohol le acolchó la garganta y le trazó el surco necesario para ordenar los pensamientos. Hubo una época, cuando era niña, en la que la Tuerta no estaba tan triste. Pero todo cambió después y fue de ese otro modo para siempre.

Piensa en la madre, en el despojo que quedó de ella. En el cabello hecho trizas. En su padre rogando que a él sí y a ellas no, y en los otros, los que se lo llevaron. En la sangre explotando a salpicones. Y el carmesí formando otro camino de estrellas, que se quedaron ahí, por semanas, porque nadie se atrevió a limpiarlas.

La ausencia que el tintorero dejó tras de sí jamás pudo repararse. Cuando la Tuerta llega a esa parte de la historia se dice que no debe recordar. Que traerlo no le hace bien y que mejor ir a los tiempos repletos.

A los días en los que los objetos brillaban, porque todavía quedaba luz y el calor lo iluminaba todo.

En aquellos años de infancia, la casa de sus padres tenía el aspecto de una fonda. El cortijo se llenaba de visitantes que se apeaban en la vía del tren o llegaban por los caminos. Trotamundos, comerciantes, bandoleros. Algunos aguardaban días hasta obtener la esencia escasa que era la púrpura.

Para combatir la espera, ella los llevaba a ver los caracoles. Las vasijas en las que su padre los almacenaba en el corral. Allí cumplían condena hasta el momento de transportarlos al taller del cortijo. Lo que ocurría después con ellos entraba en el secreto. Era el gran saber del padre, el que se hallaba en sus notas llenas de borrones.

Los caracoles también guardaban la respuesta a otras muchas cosas. Fue en esos días cuando la Tuerta, que entonces no era tuerta, aprendió a admirarlos, a sentarse paciente en el poyete del corral mientras ellos le mostraban el camino que debía seguir. Un avanzar lento que le dejaba lugar para pensar.

Tardó un tiempo en descubrir que eran animales. Hasta entonces solo los había entendido como un modo de sustento. Mercancía muy valiosa que alguien llevaba hasta allí desde no se sabía dónde —allende los mares, decía su madre— y que daba sentido a todo. A veces observaba a los bichos pedir clemencia. Rebosaban con su pesar desde el borde de las vasijas y ella admiraba el tesón estéril de aquellos seres, empeñados en cambiar su destino.

Los días eran confortables, pues no había mejor abrigo que la mirada del padre. Cada vez que hacía algo bonito, cuando, a pesar de ser tan niña, cosía las telas que su padre teñía o hacía maravillas con los retales, los ojos del tintorero se cruzaban con los de ella. Observaban en silencio el bastidor donde la Tuerta bordaba con sus dedos diminutos y su vista que todavía era completa.

La Tuerta, que jamás pensó que un día sería tuerta, creyó que siempre podría recorrer aquel hilo que los unía; que sería de ida y vuelta, y que nunca podría romperse. Pensó que sería siempre tan feliz como en ese momento, rodeada de colores, de retales y de madejas; cobijada por la casa llena de caracoles, en ese pueblo que era el centro de los caminos, el confín de la vía, el tesoro de aquella isla en la que consistía su pequeña y cálida porción de mundo.

IV

La niña muda bajó de la cama y aguantó la respiración. Para escuchar tras las paredes lo mejor era esconder el aliento. Lo había aprendido hacía tiempo, en otras circunstancias, el día que pasó lo que pasó y que la niña no debía recordar.

La niña recorrió la escalera y avanzó de puntillas hasta llegar al patio. Allí aguardó hasta que su madre la descubrió. Había hecho el camino con el frío pegado a los talones, como cada mañana que la Tuerta olvidaba ir a despertarla.

La Tuerta sintió su presencia. La niña había tardado en aparecer. Se giró sobre la silla y descubrió al pajarillo descalzo en su pose de gorrión.

—Hija.

Aquella palabra anunciaba siempre el comienzo del día. Era la palabra de la niña, la que la madre se concedía y que encerraba más de lo que la Tuerta se permitía decir. Hija, come; hija, qué has hecho; hija, dónde te metes; hija, no. Esos mensajes nunca sonaban, pero la niña muda los presentía como voces que quebraban el silencio de la casa.

La Tuerta tomó a la niña de la mano y la llevó hasta la silla de la cocina. Después se afanó con el desayuno en el hornillo. La criatura se restregó la cara. Aún atontada por el sueño, observó la nata que su madre rebañaba del cazo.

—Todo.

La niña recibió el cuenco con las manos. Abrazó con los deditos la superficie de barro para aprovechar el calor y, tras soplar un poco, lo inclinó para sorber el primer trago.

No hubo ocasión. Un golpe retumbó en la planta de arriba. La niña muda atendió al techo y abandonó el desayuno. Después miró al frente, en busca de su madre y una explicación. La hija no estaba acostumbrada a que nadie más que ellas habitara a esas horas la casa. Era natural que se asustara.

El caos de ruidos que vino más tarde sugirió que el paracaidista se había levantado. La Tuerta intuyó sus pisadas torpes al tratar de ponerse en pie. Dudó por un instante si subir. Si lo hacía, tendría que pedirle explicaciones. Quién era. De dónde venía. Por qué había caído en ese lugar.

No había encontrado gran cosa entre sus pertenencias. El herido había llegado sin nada de valor.

Ningún papel que aclarara la procedencia; ningún objeto aparte de las ropas y el paracaídas hecho jirones.

Un último golpe, más fuerte, empujó a la Tuerta hacia el piso de arriba. La niña muda la observó subir a zancadas, apoyándose con fuerza en la barandilla. Lo hizo con tal urgencia que la niña se bajó de la silla y correteó hasta el hueco de la escalera. Después estiró el cuello para descifrar el enigma.

Al cabo de un rato, ya no se oía nada, solo el eco que los golpes habían dejado en el ambiente. A la niña muda los ruidos extraños no le daban miedo. Los prefería a los sonidos conocidos, a aquellas tardes en las que solo se escuchaba el arrastrar de las sillas, el chasquido de la leña o los gruñidos del padre despertando en la alcoba.

Los ruidos nuevos le llenaban las tripas de emociones. No significaban cosas que prefería no oír. Por eso, contuvo el nervio por el descubrimiento mientras subía, despacio, cada uno de los peldaños. Y cuando llegó al descansillo, soltó el aire poco a poco. Lo necesario para que su madre no se diera cuenta de que miraba de más.

En el suelo se hallaba el cuerpo de un hombre mitad carne, mitad hueso. Llevaba puesto un pijama del padre pero sin ser el padre. Su silueta se recortaba tras la figura de la Tuerta.

Al tiempo que la madre lo agarraba bajo los soba-
cos, el extraño se movía igual que un espantapájaros.
Las manos blancas le salían del pijama como dos
guantes bamboleantes. La Tuerta lo fue arrastrando
y, al poco rato, lo único que quedó del hombre fueron
los pies, que pronto también desaparecieron tras la
puerta de la alcoba.

*

La niña muda escondía debajo de la cama todo lo
que nadie iba nunca a necesitar. Cuando aprendió que
en el suelo oculto bajo el colchón solo se acumulaba
el polvo, dedujo que en aquel lugar los otros jamás
mirarían y que podría quedarse los cachivaches que
alguien, antes, había tirado.

La niña ocultaba sus tesoros dentro de una caja,
a salvo de su hermano, del mundo y de las ratas y,
cada vez que quería añadir alguno, reptaba bajo la
cama en busca del recipiente de latón. Soplaba, abría
y colocaba, para después abandonarlo todo en la esquina más apartada de la pared.

Al principio, el botín solo consistía en la propia
chapa; una caja vacía heredada de la Tuerta. Contenía
piedras y algunos cristalillos, pero pronto la niña muda
la fue llenando de más rescates, de chismes recolec-

tados durante el día y que más tarde, cuando la luna asomaba, se veían como alhajas dignas de una reina.

En aquel submundo de un palmo de alto, en ese nido donde la niña muda había decidido esconderlo todo, fue también donde descubrió el hecho milagroso.

Ocurrió un día como el resto, de esos tan iguales que no se recuerdan y en los que brilla solo lo especial. Y sucedió al agacharse, cuando la niña muda fue a buscar, una vez más, su caja y vio lo que había surgido debajo de la cama.

Se trataba de un botón.

Era grande y blanco, como de marfil. Había aparecido sobre la baldosa más negra de todas. La del final. La que más costaba tocar si se pretendía alcanzar desde fuera.

La niña muda no tardó en darse cuenta de que en ese escondite las cosas obedecían otras normas. No como es de ley, en la sucesión natural en la que había de estar dispuesta la vida; ni como en cualquier otro escondite del mundo, donde los objetos no se aparecían sin esperarlos, donde los marfiles no se presentaban sin invitarlos, ni llegaban por sorpresa en mitad de las baldosas negras, tal y como sucedía en ese lugar bajo la cama, donde las reglas eran tan especiales que solo pertenecían a la oscuridad.

La niña muda lo aprendió de inmediato. Con ese botón blanco, como de hueso de hada, el primero de los tesoros que se le había aparecido, entendió que para participar del juego debería aceptar cuanto antes las reglas. Que aquel escondrijo no pertenecía a la luz, sino a su carencia. Bastaba con dejar que la noche actuara y asomar la cara en cuanto el sol rozara la ventana.

No todas las veces sucedía. Había mañanas en que la niña muda levantaba la sábana y de las sombras no había salido nada. Podía pasar muchos días aguardando, semanas enteras a la espera de la magia hasta que, al final, la noche escupía algo.

Trocitos de madera que le servían para sus fantasías, ovillos de lana que apenas daban para trenza o a veces, muy pocas, alguna esquirla de metal. Podía haber amaneceres con regalo, o tantos otros de los que la niña muda no sacara beneficio. Casi llegaba a olvidarse del asunto, hasta que alguna mañana, al mirar hacia la baldosa, descubría que el juego se había puesto de nuevo en marcha. Recogía su tesoro y lo guardaba en la caja.

Fue entonces cuando la niña muda pensó en participar del pasatiempo. En dejar tesoros ella también. Aunque nunca desapareciesen, ella siempre hacía la prueba y acabó convirtiendo el intento en tradición.

Reptaba junto a la caja testigo, espía de todo el intercambio, y rebuscaba entre los bolsillos llenos de objetos acumulados. Elegía uno que en su mente tuviera algo de lustre y lo abandonaba sobre la baldosa, deseosa de que el abalorio siguiera su suerte.

Pero luego no pasaba nada. Cuando, a la mañana siguiente, la niña muda agachaba la cabeza, encontraba la guarida con el regalo intacto sobre la baldosa. Todas y cada una de las veces.

Pronto la niña muda se planteó que sería cosa del objeto. Que tal vez la ofrenda debería ser más vistosa. Así que empezó a cambiar piedras por botones y, más tarde, botones por cubiertos. Se hizo con la cuchara de alpaca que su madre escondía al lado de la botella, junto a las lentejas, en ese lugar donde el padre no miraba jamás.

Pero tras una noche completa sobre la baldosa, la cuchara tampoco partió de viaje. La sombra no la engulló y la niña muda se cruzó de brazos. Entonces pensó que solo quedaba una solución. Pues si había algo único en la casa, un objeto más valioso que el resto y que tuviera poder para marcharse, era la sortija de plata. Esa que su madre apreciaba tanto y que la niña cogió del cajón de la cómoda, el de más abajo. La que apretó en la mano durante toda la mañana y que brillaba tanto como el ventanal del salón de los Cascas.

La niña muda la colocó en el lugar, en la baldosa dotada por el hechizo, y esperó, como cada vez que se atrevía a hacer frente a la noche, metida en la cama. A pesar de los intentos fallidos, sabía que no todo tenía un motivo y que en ocasiones no hay explicación porque, a la mañana siguiente, cuando fue a mirar bajo el colchón, la sortija ya no estaba.

No supo dónde había ido a parar, ni cuál había sido su suerte, pero la niña muda lo entendió y supo que algo había cambiado. Comprendió que por primera vez las sombras le respondían. Y fue tal la emoción, que aquella misma tarde bajó a contárselo a la lumbre.

La niña muda no decía nada, pero sí podía pensarlo. Por eso hablaba los pensamientos con el fuego sin mover los labios. Al igual que apretaba la mano de su madre para decir que sí en lo imprescindible y no con dos tirones, la niña muda sabía hacerse entender cada vez que el hogar le susurraba.

Podía oírlo las veces que lo encendían y responderle un poco después, cuando la llama cogía fuerza, escuchando en su aliento de madera lo que habría de ocurrir más tarde en el pueblo.

La lumbre se lo decía todo. Hasta le señalaba las noches en las que debía mirar bajo la cama y las otras, la mayoría, en las que no había necesidad porque nada iba a aparecer y mejor descansar.

Y cuando el fuego le contaba, la niña muda todo lo entendía. No como el Santo Nuevo. Aquel hombre polvoriento. Ese que muchos decían que miraba y sanaba, pero que, a decir verdad, nunca curaba nada. Porque la gracia de verdad es muy escasa y solo la lumbre la adjudica. Que para ver en el interior hace falta nacer así y esos ojos casi nunca se llevan en el cuerpo.

Solo el fuego sabe lo de la niña muda y sus poderes. Eso que la niña entiende y que ve en los demás. Porque la niña muda no solo escucha a las llamas, también tiene visión de todo lo que a los del pueblo se les queda por decir. Lo que querrían hablar porque les rebosa de las tripas, y cómo después nunca se atreven y el ardor les quema la frente, y más tarde los sesos. Uno por uno los oye frenar las ideas. Dejarlas al filo de la boca y dudar si empujarlas o no al vacío.

Pero al final todos callan. Nunca se atreven y por eso nadie habla. Mejor no darle vueltas, dicen, nada más arrepentirse, cuando sí, entonces ya sí, hablan y piensan que ella también es sorda y que tampoco escucha.

A veces la niña muda querría no sentir esas desgracias. Porque de qué sirve oír sin poder hablar. Qué más da conocer si nadie va a saber una palabra.

Solo para padecer. Y para sentirse una extraña en ese pueblo en el que las otras niñas juegan con muñecas y no con hogueras, que les dan la mano a sus madres cuando la ven llegar desde el fondo de la calle.

Ojalá un día dejaran de mirarla. O pudieran mirar también, y se sintieran como ella. Como cada noche que nota cómo la sombra se espesa y les acecha.

Pues es que hay una cosa más. Una que la niña muda también sabe. Una gracia distinta que le da más miedo que escuchar el pensamiento de las gentes y lo que aparece debajo de su cama. Algo que no contaría aunque hubiera podido hablar, porque sabe que no la creerían jamás.

Y es el olor a muerte. El que rezuma de los pasos del que ignora que va a morir o de los lugares donde ya desapareció alguien. Un hedor que nadie huele pero que ella sí presiente.

La peste que desprende la oveja que va a extraviarse o la tapia del cementerio. Ese muro que la niña muda tanto teme cuando pasa por el camino. Cuando corre para dejarlo atrás y para que los gritos no le alcancen.

Lo nota cuando le rozan el brazo en la iglesia. O cuando tose alguien enfermo. O si algún hombre bondadoso empieza a apestar a agujero y ella sabe que solo es cuestión de tiempo.

Esa es la peor de todas las veces. Cuando siente cosas hacia gente y el vacío se empeña en que el olor siga ocurriendo. Cuando los quiere y no puede hacer nada, como con su madre, cuando la ve abrazada a la oliva que hay frente a la tapia, por fuera del cementerio.

EL PUEBLO

V

Después de un par de días enfaenado con las ovejas, Chico había bajado al pueblo en busca de respuestas. Era cosa rara que el asunto de la caja del tren no se hubiera propagado y eso no hizo más que aumentar su gana de conocer.

A buen seguro que uno de los Cascas era el responsable del cargamento. La tarde del apeadero solo había visto el sombrero del dueño, pero eran sus mozos los que se habían llevado el trasto del andén. Aunque no le habría hecho falta verlos. Chico sabía que nadie más en ese pueblo tenía posibles para costear un capricho semejante. Porque tenía que tratarse de eso. Qué más podría necesitar alguno de los Cascas de lo que no se hubiera apropiado ya.

Ante la falta de crónica, a Chico le quedaba el consuelo de fabular con lo que escondería el baúl. Puede que lingotes de oro, a juzgar por el peso de la carga. O, tal vez, vajilla de porcelana. Si los Cascas se habían tomado tantas molestias era porque lo que había llegado merecía la pena.

Ese día, el padre se quedaba con las ovejas y él se encargaría de los mandados, así que Chico lo aprovechó para bajar y escuchar el ambiente, como cada vez que quería enterarse de un rumor.

Cuando alcanzaba el límite del pueblo, encaminaba los pasos hasta la plaza del mercado. Se sentaba junto a la fuente, se refrescaba el pescuezo y entonces la caza comenzaba.

Era un experto en unir palabras. Las mujeres las espolvoreaban alrededor. Sobre todo a media mañana, cuando tenían novedad de sobra y aún no se habían agotado. Iban de un puesto a otro con sus capazos, cargados de alimentos y de relatos, y para Chico solo se trataba de ir enlazándolos. Sentarse en mitad de la plaza redonda y ver las palabras girar hasta atraparlas al vuelo. Y para cuando las campanas de la iglesia sonaban, ya estaba el trabajo hecho.

Mientras saboreaba el triunfo, recibía el gajo de sol que le caía en la cara y se sentía como el perro que reposa y ve trajinar al resto. Era natural que alguna mujer le saludara. La madre del Bardo o su sobrina, la Molienda, que servía en casa de los Cascas. Pocas de los muchos que transitaban por allí. Porque el tiempo pasaba, pero no podía ir contra la herencia de cada casa. Las costras del pasado, que ahí se quedaban. A Chico no hacía falta que le contaran que desde la guerra muchas familias no tenían trato. No porque estuvieran enemistadas, sino por culpa de los Cascas. Por prevenirse de ellos, de los tres hermanos, de aquella familia que decidía quién era de bien y con quién no había que cruzarse.

Tanto daba que la sangre naciera nueva y las riñas fueran antiguas, porque los Cascas habían ganado la guerra y todavía seguían ganándola aun sin luchar, que es la mejor manera. Hacerse con las ovejas, las olivas y las tierras. Con el sudor y las manos de los otros. El mejor modo de ganar. Quedarse con todo. Ganar para escribir las reglas.

*

Chico había llegado pronto a la plaza, pero, aunque era temprano, ya se notaba revuelo. Los comerciantes ya estaban instalados; sin embargo, Chico no halló murmullos junto a los mostradores. En contra de lo que habría creído, la algarabía no venía de los puestos. Las palabras se habían evaporado y se hallaban en otro lugar.

Se percibían las frases, sí, pero dichas desde más lejos. Agazapadas en alguna de las calles que escapaban de la plaza. Así que Chico se ajustó el morral y marchó a buscarlas.

Ya por la calle central, se convenció de que los aromas eran distintos. Estaban abiertos los postigos, pero las voces permanecían mudas. Quietas, tras las cortinas. En un pueblo tan pequeño era difícil entender por qué se habrían escondido, pero al alcanzar el alto de la calle, la frontera donde se hallaban los que mandaban, pudo ver que algo ocurría en la casa de los Cascas.

Lo supo por la verja negra. La entrada de autos aún se mostraba abierta de par en par, como si el servicio se hubiera olvidado de cerrarla. Como si no hubiera suficientes criados para atenderlo todo y aquella mañana fuera singular y les hubiera sorprendido lo inesperado.

Chico buscó el elemento que se hubiera alterado. La mancha en el delantal blanco. Y fue al oír el grito cuando supo que era de desgracia. Cuando se desató el alarido y los gemidos atrajeron a las voces. No había avanzado ni medio paso cuando las mujeres fueron a congregarse. Acudieron y rodearon la verja negra como lagartos al sol del llanto.

—...Dios te salve María, llena eres de gracia...

—Ya han debido decírselo.

—Qué calamidad.

—Ay, qué desgracia.

—...Bendita tú eres entre todas las mujeres...

—Lo han encontrado esta mañana.

—¿En el campo?

—No. En la casa.

—...Bendito sea el fruto de tu vientre...

—¿Cuándo?

—Al asomar el alba.

Los murmullos aparecieron para confundirse con los rezos y pronto lo harían con las campanas pues, cuando la iglesia hablaba de muerte, el gris repicaba.

Chico meneó la cabeza. Aquel sol mentiroso no le había hecho presagiar un día negro. Y menos que fuera a ser para los Cascas.

—...Santificado sea tu nombre...

—¿Quién lo ha descubierto?

—No lo sé. No han dicho palabra.

—...Venga a nosotros tu reino...

—Ayer iba tan tieso sobre el caballo...

—¿Y ahora qué?

—...Hágase tu voluntad así en la tierra como en el cielo...

—¿Y si ha sido el mal aire?

—Quita. Eso ni mentarlo.

—...Y líbranos del mal...

—Amén.

Amén, dijeron todas. Y entonces la Molienda asomó por una de las ventanas. Al verla, Chico cruzó al otro lado de la verja.

Sabía que era ella. Porque de todas las criadas de la casa era la menos gruesa y porque la luz, aunque fuera entre los barrotes, le hacía bien en la cara. Le gustaba sentirla brillar.

A veces, Chico observaba a la muchacha desde fuera de la verja, bien lejos de los cristales. Otras muchas, bajo la sombra de los puestos, en la plaza, donde la Molienda endulzaba con sus labios las explicaciones. Algunas mañanas ella también lo veía, pero todas, sin faltar una, él se dedicaba a contemplarla.

Pero ese día no. No hubo nada de eso. El rictus de la Molienda era de amargura. Por mucho sol que le rozara el rostro, en aquella casa se congelaban hasta los gestos. Y cuando las cejas de la Molienda se elevaron al verle, Chico las sintió como de ébano. Bellas, pero de hielo. Temerosas de lo que fuera que estuviera ocurriendo ahí dentro.

Poco después llegó la Alcuza. Achuchaba a la Molienda para que se diera prisa. Y Chico supo que tendría que esperar al río. A que la muchacha se escapara y le contara con sus palabras de miel, que aquel día serían de esparto. Que esa mañana no sabrían igual. Porque nada sería otra vez lo mismo.

*

Fue por culpa de la Molienda que Chico regresó a la casa más tarde de lo acostumbrado. Por esos detalles que le entretuvieron más de la cuenta.

El Cascas Grande se había muerto de un tiro. Se lo habían pegado unos de madrugada en el patio. Al oír a los intrusos, el Cascas cogió la escopeta y salió a perseguirlos. Después sonó el disparo.

Chico no entendía el sentido de la muerte. El Cascas Grande se había desangrado con un tiro en el brazo, a pesar de que la casa estaba en el centro del pueblo y de que el puesto de socorro lo alcanzaba un mozo corriendo. Pero no quiso poner en apuros la versión de la Molienda. No porque pensara que ella mintiera, sino porque la Molienda necesitaba sobrevivir dentro de esa casa de esquinas y de espejos.

Pero, si era verdad que unos habían entrado, cómo es que llevaban escopetas, cómo y para qué, si aquel sitio era una fortaleza. A ver qué iban a hacer ahí dentro si los criados podían sentirlos. Porque los tiros se escuchan y es raro que tú no los hayas oído.

Y la Molienda dijo, y yo qué sé, que me lo ha dicho la Alcuza, que ella estaba allí y lo sabe bien. Y si ella lo dice, yo la creo. Porque la Molienda sabe que en ese pueblo es importante a quién creer. A quién rendir favores y a quién mirar de bien lejos.

Lo que nadie sabe es que el Chico y la Molienda también se miran. Se miran, pero no se tocan, solo se respiran en la orilla del río. Un río de fuera del pueblo, en la ladera, uno que queda lejos de la huerta y del sendero.

Se citan allí para estar cerca. Porque acercarse no es malo, pero a ver cómo se le explica eso a los otros, a los que vigilan y jamás entienden. Porque Chico sabe que es verdad que hay diferencia. Que no es lo mismo quedarse juntos y quietos, que estar deseando juntarse.

Hacía tiempo que la Molienda servía en casa de los Cascas. Había vivido siempre donde el Bardo, desde que su tía, la Barda, se hizo cargo de ella. Cuando la peinó, le limpió el tizne y le dio un lugar donde echar de menos a su madre. No iba a dejar a la hija de su hermana en la calle, que bastante desgracia tenía, por mucho que allí no fuera a comer apenas.

La Molienda sabía que había sido una desdicha caer en una casa en la que hubiera tanta boca y tan poco tocino, pero habría sido peor que nadie hubiera hecho nada por ella. Así que no protestaba cada vez que la tía repartía el poco pan que conseguía y le arreaba más cacho al Pico, al hijo grande, porque él iba a la huerta y tenía desgaste.

Mientras el Pico saboreaba el cuscurro, el Bardo y ella se abrazaban junto a la lumbre. Se decían palabras amables para calmar el hambre. Y procuraban no ver por mucho que el Pico disfrutara mirándolos.

Para la madre del Bardo, que la Molienda sirviera en casa de los Cascas había sido un alivio, pero también una pena. Para la Molienda había sido un milagro. Un colchón y dos comidas al día. Por mucho que por las noches cayera rendida y los dedos se le hubieran vuelto lija, sabía que en aquella casa nadie la miraba tanto y tan de seguido como el Pico y, si lo hacía, al menos habría más espacio para escapar.

A pesar de ello, la Molienda sabe huir de las habitaciones solitarias. Por mucho que en esa casa sea la señora la que manda. La Cascas Mediana, que todo lo controla, que, aunque sus ojos sean de serpiente, no lo son de hombre, y la Molienda sabe que callando y frotando podrá estar a salvo.

Pero no hay que confiarse. Porque los hombres de esa casa al final siempre serán hombres. Y van a caballo y la Molienda sabe que los que cabalgan ordenan más todavía. Y pegan. Y que, si algo malo se le metiera a uno de los Cascas entre ceja y ceja, ni la Alcuza podría remediarlo.

Por eso sabe que hay que esconderse de las miradas, las palabras y los pasos. Cumplir con el trabajo y no soñar hasta que llegue la noche. Hasta acurrucarse en la cama y pensar que algún día todo cambiará.

Que su madre vela por ella. Y que podrá escapar.

VI

Las cortinas estaban echadas porque la Alcuza así lo había ordenado. Lo hizo siguiendo la corriente de la señora, que ya eran años de notar su brisa cambiante.

La Alcuza había llegado muy chica a aquella casa y cargaba con el hábito en su joroba. El saber de una vida junto a la Cascas y sus vendavales. Por eso la vieja Alcuza sabía calcular cuándo soplaba tempestad.

Las campanas sonaban a muerto, pero las criadas sentían el día como de fiesta. Acostumbradas a las rutinas y al trabajo bien hecho, al limpio sobre limpio, a las miradas durante la faena, ninguno de los Cascas estaba ese día como para fijarse en sus quehaceres. Y eso, bien sabía Dios, era un alivio.

—Ha venido mucha gente.

—Sí. Veinte sombreros he recogido en la puerta.

La emoción de esa libertad engañosa las lanzaba a hablar, y así lo hacían, por mucho que la Alcuza torciera el morro desde el otro cuarto.

—También estaba el hijo de la Tuerta.

—¿El Chico?

—Sí. En la verja. Ahí acodado estaba, mirándolo todo.

—Ese sabe más que un maestro.

—Lo bueno es que no lo va refiriendo.

Al oír aquello, la Molienda dijo que se pasaba al otro salón para sacar la plata. La Alcuza, que la vio de lejos, la dejó marchar a la tarea antes de ir tras ella.

Las criadas callaron solo un rato y volvieron a la carga en lo que tarda un rosario.

—He oído que está cuidando a un hombre.

—¿Quién?

—Quién va a ser. La Tuerta.

—¿Y ese? ¿De dónde ha salido?

—A saber.

—Cayó en mitad del campo y no traía nada.

—Jesús, qué cuentos.

—De cuentos, nada. Que lo contó el marido en la taberna.

—Dicen que llegó malherido.

—Y que delira y no recuerda.

—Pamplinas.

—Pamplinas, dice.

—Pues sí. ¡Rumores de gallinas viejas!

—Uy. Habrase visto la niña.

—Sí. Qué humos se pega.

Hacía mucho que en esa casa no se atendían velatorios. Desde los padres, los Cascas Viejos, acabada ya la guerra. Que fueron cayendo de edad y calentura, cada uno en su alcoba. Con la calma de su prole alrededor y la Alcuza al otro lado de la puerta.

No había, por tanto, costumbre de dramas en esa casa. La muerte siempre había tocado de buenas la aldaba de los Cascas. Un ataque en el caso del padre y unas fiebres en el de la madre. Y la Alcuza alrededor siempre. Atenta al trabajo y a la orden. Al deber y a lo bien ejecutado, por mucho que en su cama rezara lo contrario, que el destino había sido benévolo con los amos y que demasiado se habían quedado sobre ese lado de la tierra.

—Es verdad lo que dices del Chico.

—¿El qué?

—Lo de que no suelta prenda.

—No dirá. Pero estará bien contento. Después de lo de la madre...

—¿Qué pasó?

—Hija, ¿no lo sabes?

—No. Cuenta, cuenta.

—Calla, que la Alcuza merodea...

—Anda, dime qué fue.

—Pues ¿qué va a ser, mujer? Lo que la señora le hizo a la Tuerta.

—Pero eso fue hace mucho.

—¿Qué vais hablando? ¿Eh?

—Uy, mujer. Nada.

—Retales sin importancia.

—Pues a callar. Ni una palabra más.

—Pero...

—He dicho que silencio.

No es que la Alcuza estuviera en contra de lo que allí se decía. Es que sabía que los susurros podían alentar a la sombra. Que ya había pasado esa noche por la casa y mejor era no tentarla. Por no hablar de la señora, que siempre caminaba con un ojo por detrás de la cara. De lo mentado entre esas paredes no había de quedar rastro. Pues, si la Cascas Mediana se enterara, no atendería a razones ni a criadas viejas.

En un día como ese bien sabía la Alcuza que debía mantener las bocas a raya. Nunca se había llegado hasta tal límite en la hacienda. Y una res no debe correr por muy bien cercada que esté. Pues luego peligra todo el rebaño.

Bastante tenía con contener las lenguas de fuera, las del otro lado de la verja. Y todo por el Cascas Grande. Por sus malas ideas. El señorito, que cuando trotaba por los campos aplastaba la primavera y cuando lo hacía por la piedra la convertía en arena.

La Alcuza cerró el cajón de los manteles y el ruido la transportó al festín de disparos. Al Cascas Grande, el primogénito, buscando méritos sobre la yegua. Ese malnacido, al que no le bastó con la trinchera.

Volvió el Cascas de la guerra para defender lo que su familia se apropió, y se quedó ahí, bien pegado al padre, el sanguinario mayor, aquel que denunciaba a los vencidos y los arrastraba por la calle.

El Cascas Viejo, el demonio a caballo, y el hijo a su lado como aprendiz. Padre e hijo dejaron el monte como una colmena. Y luego fue peor, cuando llegó el hambre. Porque cuando la tripa chilla nada importa lo de la cabeza, que hasta las ideas se entierran. Con fregar y callar hay bastante. Y rezar, para pedir por que un día todo acabe.

Aquello había durado demasiado. Lo mismo que el Cascas Grande, que heredó la propiedad y también la inquina. La Alcuza aún recuerda sus manos. Y el fondo del corral. Y cómo ella se lo frotaba todo después cuando el jabón le limpiaba el asco.

Maldita guerra que no se lo llevó. Que les dejó el lobo dentro. Y cuando la Alcuza lo piensa, se enerva y masculla para sí misma, para sus cuatro dientes porque ya es vieja, y porque las criadas gibadas no friegan y ahora ya no tiene modo de borrar lo que había creído dejar atrás.

Si un día la Alcuza hablara, iban a callarse hasta los truenos de las tormentas. Bien se sabe ella las historias de esa casa. Podía recordarlas de memoria. Hasta recitarlas. Y ahora tenía una más. Otra sobre la que echar tierra. El fin del Cascas Grande, una nueva farsa que tirar al hoyo. Mentiras que se pudrirían unas sobre otras hasta apestar los cimientos de la casa.

Tantos años cubriendo las espaldas de los amos por un plato de mondas. Pero qué hacer si no. Qué confines podría haber alcanzado. Qué recorrido te espera con solo un delantal en la maleta.

Y si ha llegado hasta ahí, tras todo lo vivido, dónde va a ir ahora. Después de lo que ha visto y de lo que ha tratado de olvidar. Ese pánico en los ojos. Por quedarse ahí a salvo, ignorando el temblor de los de enfrente.

Ella también siente el miedo. El de ahora, que es el mismo de entonces. Por eso sabe reconocerlo. A sus años, ya tan vieja y tan torpe. Verse así, con las rodillas combadas y el pavor curvándole la espalda. Porque ahora hasta los Cascas tienen su muerto y puede que el mal siga en la casa. Que a la sombra nada la espanta, pues, cuando la maldición llega, nadie asegura que se marche. La desgracia puede contagiarse. Y pega, y sopla, y atiza a uno tras otro hasta que ninguno queda para respirarla.

Aunque la Alcuza en el fondo se alegra. Sabe que al mal no se le engaña. Que es listo y que todo lo ve, y ha sabido a quién entrarle.

Y, mientras lo piensa, se acerca a la mortaja y dice, maldito seas, Cascas.

Y no espera respuesta, porque sabe que él ya no puede decir nada. Así que le habla a la oreja, porque ahora el Cascas ya no tiene poder sobre la mano ni tampoco sobre su falda.

Maldita tu estirpe y el veneno de tu sangre, Cascas. Tú y yo sabemos del mal de tu existencia. Tú, yo y los gusanos. Y mientras yo siga viva y tú ya no, estarás en el agujero y no podrás alcanzarme.

Ahí te pudras, Cascas, maldito seas.

Ahora tú eres el muerto.

VII

La señora sabía que desde aquella mañana ella era la cabeza de familia. En realidad, lo había sido siempre, desde que sus padres, los Cascas Viejos, habían faltado en la hacienda, pero ahora todo quedaba claro, aireado a la luz del día.

No había gran diferencia en la casa. Pues, a pesar de esa muerte, ya todos comprendían quién pisaba los estribos y quién tiraba de las riendas. Tanto los criados como los de fuera conocían el papel de cada hermano y murmuraban cuando veían el derroche, que de sobra se sabía quién desbocaba el gasto, por mucho que la señora no quisiera pensar en lo que se decía al otro lado de la verja negra.

De los tres hermanos, la Cascas Mediana era la que tenía más juicio. Pero nació hembra. Y le enseñaron a repetir que al heredero no se le discute y que así era cómo la providencia había ordenado la vida.

Cualquiera habría pensado que, entre eso y no llegar la primera, jamás habría tenido poder sobre la hacienda. Pero de su madre aprendió que a los caballos se les doma con montura firme, que con arreos de cuero se les dirige y que, cuando el varón duda, ha de haber alguien que le susurre de cerca. Mirar por él cuando su vista no distingue y vigilar que nadie invada lo que es propiedad de la casa.

Cuando se trataba de las tierras, no se permitía un paso en falso. Ni un tramo había de despistarse. Pues de la uña que se da, se puede perder la mano y después todo es ya gangrena. Por eso, lo mejor es cortar de raíz y que no haya confianzas.

Aquella noche, la del velatorio, la Alcuza había dispuesto dos servicios menos sobre el mantel. El primero, el del hermano, que ya no se levantaría de la caja para sentarse y cuyo hueco lo llenó la Cascas, firme, en la cabecera.

La señora había ordenado retirar el otro plato, el de la cuñada, que había avisado de que se sentía indispuesta. Que estaba tan afectada que ni fuerzas había tenido para ver al marido, ni para bajar a velarle. Que estaba claro que no era de su sangre.

En el fondo, la Cascas tenía que dar gracias. Aquel vientre yermo no había engendrado nada de provecho y eso le aseguraba la propiedad. La herencia continuaría y lo haría con su descendencia, por mucho que en su estirpe no hubiera varones y se redujera a una sola hembra.

La familia estaba ya sentada y la niña faltaba en su sitio. Mientras la señora debatía detalles, la Alcuza se acercó a ella para ver si podía entretenerla.

—Mañana a las siete en el cementerio. No más tarde.

—Así sea, si lo has dispuesto.

—Dile al sepulturero que abra antes. Que la caja se baja a la hora en punto. No quiero a ninguno cerca.

Era importante dejar atrás esa jornada negra, porque lo del Cascas Grande y su escaramuza en el patio no había criado que se lo creyera, pero la señora sabía que, si se aguantaba hasta el entierro, también se enterrarían las sospechas. Suerte que el tiro se lo pegó de madrugada y que los criados dormían en la casa del servicio. Así la Alcuza había podido urdir otra versión para los mentideros. Y con astucia, para ajustar el detalle.

Sobre la mesa seguía faltando la heredera. La aguardaban su tío, el Cascas Canijo, sentado a la derecha, y el marido de la señora, un simple cero a la izquierda. El resto de la familia o estaba en el primer piso, llorando la pena, o bajo la lápida del cementerio.

Por fin apareció la muchacha, apurándose hasta la silla. Se sentó, se arrimó al plato y entrelazó las manos a la espera del caldo de la cena.

—Cómo te atreves.

La Cascas hizo temblar el salón. La hija no supo a quién mirar para entender y posó los ojos en la Alcuza, que ya había comprendido antes que ella, que supo que la ofensa no era por la manecilla del reloj, sino por lo que le adornaba los dedos.

—Quítate eso ahora mismo.

La heredera se miró las uñas y el pánico le invadió el gesto. El carmín lucía en el esmalte con descaro. Y delataba el olvido. Una afrenta a ojos de la madre.

—Pero es que es de ayer. Y yo… Se me acabó la acetona.

—Coge una navaja y rasca. Me da igual cómo sea. Respeta el luto de tu familia. Y quítate de mi vista.

La hija arrastró la silla y huyó escaleras arriba. La Alcuza quitó el cubierto de la mesa. Ya no habría sopa para la niña. Mejor esconder los restos del asunto y que a la señora se le olvidara deprisa. Pero la Cascas pasó por encima solo durante la cena. Cuando todos se retiraron y se quedó a solas con la Alcuza, fiel consejera, volvió a la polémica.

—¿A ti te parece bien? ¿Pintada como una cualquiera?

—Yo solo digo que, por muy fuerte que aprietes, la lazada al final se suelta.

—Por eso mejor cuerda de esparto. Nada de hilos de seda.

—No exageres.

—En esta casa somos gente de bien.

—Pero tú por eso no has de temer. Tu hija es de buen linaje. No va a seguir los malos senderos.

La Alcuza siempre había sido firme en los consejos, pero entendía que, por mucha voluntad que se pusiera, los hijos seguían el curso de su época.

—Ahora no te convienen polémicas. Y menos con tu hija. La familia se ha de mostrar unida.

—¿Por qué? Si aquí no ha pasado nada.

—Lo que tú digas.

—Además, va cerrado mi hermano en la caja. No lo ha visto nadie.

—¿Y tú crees que no lo habrán supuesto?

—¿Quiénes?

—Pues todos. La ristra de ojos que se ha paseado hoy por tu casa. ¿A qué te crees que han venido? ¿A pasar las cuentas? ¿Acaso crees que no tienen lengua? ¿Que no la menean en cuanto salen por la puerta?

—Se la cortaría a todos si pudiera.

A pesar de los años, era como si la Cascas ignorara lo que se cocía en los otros fogones. Hacía como si estuviera ciega. Prefería pasar de largo, palpar las cosas de puntillas, antes que encararlas y atenderlas. No permitiría que nadie le dijera una palabra.

—¿Y qué hacía él en la verja?

—¿Quién?

—De sobra sabes quién. El hijo de esa.

—Ya han pasado años. ¿No crees?

—Eso da igual. El pecado no entiende de tiempos. La escoria en la sangre se queda.

La Cascas sacó un pañuelo para secarse las comisuras. Después se lo entregó a la Alcuza. Ningún rastro de ella había de quedársele en la boca, por muchos años que llevara sin verla. Evocó aquellos ojos de furia. La mirada silente de cuando la Tuerta aún tenía dos cuencas. Su ardor rebosante de ira.

Y se pregunta por qué ha tenido que llegar a su casa la sombra. Por qué su hermano ha tenido que matarse. Aprieta los dientes cuando piensa en la maldición y mascula que por qué esa vergüenza, si aún queda estirpe de la tintorera sobre la tierra.

Ojalá la sombra terminara con ellos. Ojalá acabara lo que empezó y los aniquilara a todos, uno por uno, hasta llegar a la Tuerta.

VIII

La mañana del entierro las campanas no anunciaron al muerto. La Molienda pensó que era extraño que al Cascas Grande se lo llevaran tan temprano, pero la Alcuza le había dicho que caminara y no preguntara. Que siguiera adelante.

La muchacha obedeció sin dudar, pues si la Alcuza lo ordenaba, bien estaba no remover esas ascuas. Se dedicó a buscar al Chico entre los que estaban ya en el camposanto, por si había llegado tan pronto como ellos. Por si hacía como las otras veces, en las que fingía que pasaba por casualidad, cuando bajaba a la plaza, y ella le seguía el juego y hacía como que no era verdad lo que los dos compartían en el pecho.

La Molienda estiró tanto el cuello que hasta la nuca le dolió por el esfuerzo. Pero no vio la cabeza del Chico entre la niebla. A pesar de la hora tempranera, el lugar estaba lleno de testigos, pues ni siquiera un entierro discreto había servido para despistar, para ahuyentar a los que nunca cruzaban la verja negra de los Cascas.

Ya sabía la Alcuza que aquellos horarios no evitarían la comidilla. Como tampoco la advertencia al párroco de que las campanas no repicaran, pues la señora había ordenado que mejor dejarlas quietas.

Ella misma encabezaba el cortejo. La Cascas Mediana, la mirada al frente para ignorar las presencias. La Alcuza pensó en su boca retorcida, en la curva que se le quedaba cuando algo no era de su agrado. La llevó arqueada buena parte del camino, desde que saliera del pueblo y viera la procesión que la estaba esperando. Y siguió así todo el trecho, hasta la colina, hasta cruzar la tapia del cementerio. No acabaría hasta que la caja estuviera cubierta de tierra.

A pesar de estar tan cerca, a la vera de la Alcuza, la Molienda se hallaba muy lejos de todo aquello. Divisó la gorrilla sobre el muro de piedra y la sintió brillar. El Chico no se había acercado más, pues todos sabían que era veneno para esa familia. Pero el muchacho tampoco era un necio. El entierro se quedaría por meses en el cruce de cada acera. No estaba dispuesto a perder detalle.

A las siete en punto —tal y como se había ordenado— bajó el sepulturero al Cascas Grande por el agujero. Sobre la caja llevaba un retrato y un silencio pastoso.

No se oían ni los llantos. Ni siquiera la viuda, que llevaba la pena a piel abierta, elevaba el sollozo por encima de las tumbas. Aquel manto húmedo de miedo les obligaba a cerrar la boca y les helaba a todos el cuerpo.

Hasta que la madre del Bardo soltó la voz y con ella traspasó la escena. La Barda, que era mujer pero antes era madre, gritaba agarrándose el pecho.

Chico notó el bochorno subirle por la cara, apartándole de la niebla. La Barda reclamaba justicia para el Pico, su hijo muerto. Pateaba y bramaba que por qué este sí y mi hijo no, qué os creéis que estáis haciendo. Por qué este se queda aquí, si se ha matado él, que a mí no me vengáis con embustes. Por qué sí hay lápida para él y mi Pico está ahí afuera, como un perro.

La gente agachó la cabeza. Así era cuando se lanzaba una verdad a gritos. Los nichos y las tumbas solo se llenaban con huesos bendecidos. Lo demás se quedaba por fuera de la tapia.

Al Pico se lo habían encontrado en su casa con un disparo de escopeta. La suya, la que usaba para cazar los pichones. Por eso no tuvo derecho a cementerio. A pesar de que lo descubrieran sin media cabeza, la madre clamaba que se lo habían matado. Señalaba donde no debía. Gritaba su sentir y no dejaba que le bajaran la mano. Pero ella seguía acerreando. A pesar de los consejos, apuntaba hacia lo alto, a la calle que subía hasta la verja negra.

La madre del Bardo estaba segura de que el Cascas Grande había matado a su hijo. A sus ojos era el mismo Diablo. O es que nadie se acordaba de lo que había sembrado por el pueblo. Que lo había llenado de agujeros. Y qué casualidad que, después de faltarle los dineros en el despacho y de acusar al Pico, esa misma tarde el chiquillo estaba muerto. Que su Pico no era un ladrón. Solo había ido donde la verja negra para ayudar en lo de la verbena. A trabajar. Porque su familia era honrada y jamás se había llevado nada de ningún sitio. Bien lo sabía ella.

Pero, cuando el guardia vio al Pico en su cuarto y el estado en el que había quedado, dijo que ahí no había más que buscar. Que estaba cansado de verlo. Tan cansado como se puede estar de descolgar vecinos de las olivas y de ver las paredes salpicadas de sangre. Agotado como puede sentirse un hombre al cruzarse tantas veces con la muerte y no saber cómo evitarla. Cómo avisar al que podría morir y no solo encargarse de las cosas cuando ya no hay remedio. Cuando solo queda enterrarlas.

A veces la maldición se conformaba con un muerto y otras, las peores, se llevaba varios de golpe. Uno tras otro iban cayendo. De los árboles o contra el suelo. Sin aviso ni explicación. Doblados, como las ramas que troncha una tormenta.

Lástima cuando el caído era alguien tan joven como el Pico, que a saber por qué se habría querido morir. Pero, por desgracia, así había sido, y no había modo de deshacerlo. Que estaba claro que a esas edades siempre era por la sombra y que no había a quién pedir cuentas. Por eso el guardia le dijo a la Barda que mejor no seguir por ahí, pues, si el mal no se avivaba con sus palabras, lo mismo sí lo hacían los Cascas. Mejor dejar las cosas quietas. No removerlas.

Pero aquella mañana, la del cementerio, la madre no atendió a los consejos. Porque el dolor no entiende de amenazas ni de prudencia. La Barda no se calló y siguió adelante. Porque mi hijo no se mató, que yo lo sé. Que ningún mal le entró en la cabeza. Quita. Suéltame. Que no es verdad. Que fue otro el que disparó la escopeta y yo sé que fue él, ese de ahí. No sé cómo, pero él se encargó. Ese. El que está en esa caja, por cuatro cochinas perras. Que a saber dónde fueron a parar porque mi Pico no las llevaba encima.

Que me sueltes. Quita. Por qué lo ponéis aquí, si se ha volado la cabeza. Por qué con cura y en sagrado, con tantos buenos como hay fuera. Y están todos allí, sí. En un hoyo y sin cruz que los guarde. Los desdichados y los suicidados. Que metéis a la gente donde queréis y a vuestra conveniencia. Quita, déjame de una vez. Que creéis que nadie dirá palabra, pero en el Cielo no mandan los dineros, y ya sabemos todos lo que aquí se menea.

Un racimo de brazos surgió de la bruma para taparle la boca. Pero dio lo mismo. Todavía se la oía por el camino cuando las mujeres la apartaron del cortejo.

Chico sintió cómo el calor se le disipaba. Los gritos se alejaron y la helada regresó al camposanto. Aunque el daño ya estaba hecho. La madre del Bardo había firmado su sentencia. Puede que no de inmediato, pero sí había quedado aplazada para más adelante. Porque la Cascas Mediana llevaba buena cuenta de las afrentas.

Aún había tierra libre en la tapia de fuera. Junto a su hijo podían cavarse muchos agujeros.

IX

Cuando el paracaidista abrió los ojos, solo encontró extrañeza alrededor.

Había sido una mañana de helada, de esas en las que el Chico se llevaba las ovejas y el marido recogía la aceituna.

Aquel año la Tuerta no iría al campo. Se quedaría para guardar al enfermo. Se guardaría también de las manos congeladas, de los riñones molidos a la hora de preparar la cena y lo del día siguiente. Pues siempre había un día más, y otro después de ese.

A pesar de que ese año tuvieran un jornal menos, la Tuerta agradecía, en secreto, la boca que les había caído encima. Una boca que, por el momento, no tragaba gran cosa.

El paracaidista pasaba las noches sumido en una bruma que ni siquiera por la mañana se le despejaba. La Tuerta ya se había acostumbrado al vinagre de las friegas, al paño helado sobre la frente y a las curas de aguasal sobre la herida, por más que los cuidados no hicieran mucho por la angustia del desconocido. Su temblor le provocaba a la Tuerta deseos de cobijarle. Le echaba por encima la pelliza de cordero, que en otros tiempos cubrió las pesadillas de sus hijos, para rescatarle de lo que fuera que estuviera sufriendo.

Pero aquella mañana de invierno, esa misma mañana que duraba ya tanto, hubo un cambio. El sol había salido y había puesto fin al delirio. Y, aunque la presencia del hombre no podía entenderse aún como una compañía, sí se trataba de alguien más. Una conciencia que aparecía y se desperezaba, que entornaba los párpados, aunque todavía no hubiera llegado a comprender lo que veía.

La Tuerta sabía que era pronto para obtener respuestas. Cada vez que despertaban, los ojos del paracaidista miraban como los de un conejo en una trampa. A pesar de que ella se había esmerado con el calor inicial, él se había topado con aquellas paredes agrietadas. Y entonces, cuando el enfermo se sentía a sí mismo tan extraño como lo veían ellos, cuando descubría su piel cetrina surgir de entre las sábanas, se abrazaba las piernas y no permitía que lo tocaran. La Tuerta le dejaba la bandeja para que él mismo se sirviera. Se alejaba y cerraba la puerta tras ella. Pero a su regreso, cuando entraba en la alcoba, hallaba al enfermo durmiendo y el plato casi igual.

Sin embargo, atenderle ya no le llevaba tanta tarea. La raja ya solo era costura y pronto se convertiría en cicatriz. Parecía que las fiebres remitían y que el caído sobreviviría. Y la Tuerta fantaseaba con los progresos.

Si el forastero mejoraba, tal vez podría sumar una paga a la casa. Así se lo había explicado al marido cuando llegó la primera protesta, pues la Tuerta la esperaba y se había preparado el razonamiento. Le hizo ver que cuidar al enfermo sería como criar un animal. Que el tiempo empleado podría serles de provecho.

A veces las gentes pierden la memoria y no la recuperan, había dicho la Tuerta, y, si a ese hombre le ocurría, no tendría lugar al que marcharse. Podría quedarse con ellos. Pues, cuando no se sabe hacia dónde ir, no se puede regresar a ningún sitio.

Aunque, para asegurar la cama y el rancho, tendría que trabajar duro. La Tuerta bien sabía que el marido habría de quedar convencido. Pero aún faltaba mucho para eso.

Por lo pronto, el enfermo debía recuperarse. Quedaban semanas de alimentarle para que engordara, pues era todo pellejo. Y protegerle de los del pueblo, que las bocas ya iban refiriendo.

Lo sabía por la Barda. Que, aunque tuvo calentura la misma tarde del entierro, se llegó al día siguiente para darle cuenta a la Tuerta.

Apareció por la casa, como en los tiempos antiguos. Y la Tuerta le abrió la puerta porque jamás se habría permitido no hacerlo. La sentó en la cocina y le consoló las cuatro lágrimas que le caían, que bastante pocas eran.

La Tuerta escuchaba. Atendía, pero no hablaba. Porque la Barda ya sabía lo que ella podría haberle dicho. Porque, después de tanto pasado, ya no había hueco para más palabras. Y porque con su silencio le cosía también la herida, que la Barda lo necesitaba porque llegaba allí en carne viva.

Acaso no había pasado por suficiente la Barda. Pues qué culpa va a tener ella de que a su hermana se la mataran por saber de libros y de ideas. Ella lo conservaba todo en la cabeza hasta cuando le llegó el final. Aseguraba que aún quedaban esperanzas agazapadas y que los contactos le susurraban entre las ramas de las olivas.

Demasiado esperó la hermana de la Barda, que, cuando todo estaba más que perdido, tuvo que echarse al monte. Hasta hubo una batida para cazarla, y fue la misma Barda la que se vio allí, en la plaza, señalándole la cara. Para decir delante del guardia que sí, que era ella, que era su hermana y que estaba muerta. Como si el guardia no lo supiera antes de soltar al primer perro. Como si no comiera cada domingo en el salón del Cascas.

Si no se llevaron después a la Barda fue por las tres criaturas. Por los dos hijos, huérfanos desde muy chicos, desde que el marido se muriera de toses, y por la Molienda. Que dos días llevaba siendo también huérfana.

Y si con eso no hubiera sido suficiente, va y le llega lo del Pico, que mucha razón lleva la Barda en que no hay mente que lo comprenda. Porque ese muchacho corría con brío y no arrastraba sombras ni pesares.

Desde entonces, la madre ya no mira hacia arriba y solo se ve los zapatos cuando camina. Es por eso que la Tuerta calla, aunque piense, pero también entienda, que, si esa mujer sigue viva con el pecho hecho trizas, qué más va a darle la muerte. Que por eso le sale esa valentía. Poco le importan las amenazas porque ya tiene bajo tierra la mitad de su vientre.

Pero bien sabe la Tuerta que no debería señalarse. Qué hay del Bardo y de todo lo que necesita. Y de la Molienda. Que, aunque solo sea sobrina, es casi como una hija.

Bastante es que no despidieran a la muchacha después de todo el alboroto. Pues, si es cierto que el Cascas Grande se encargó del Pico, lo suyo es que se hubiera deshecho también de la prima. Y no lo hizo. Aunque a saber qué maquina esa familia.

Es por eso que la versión de la Barda puede no ser cierta. Aunque la Tuerta entiende esa fantasía, esa manía de desear otros hechos cuando te arrancan la vida y te la pisotean.

Cierto es que, a pesar de lo ocurrido, la Barda seguía atendiéndolo todo. Y que bastante gesta era lucir ese carácter mientras alrededor le brotaban las ortigas.

La Tuerta aún puede verla con el delantal pasado por almidón. El mismo de cuando las dos iban a la iglesia y se sentaban en el banco y ella bamboleaba las piernas. La Barda que, aunque un poco mayor, siempre se había encargado de ella, quedándose a su lado cuando más la necesitó. Y sus manos recias y atentas. Las de la Barda, las que la sostuvieron, le trenzaron el pelo, le secaron la cara y la cobijaron del miedo.

Aquellas dos manos ajadas. Las de la Barda.

*

A la niña muda le gusta correr entre las sábanas cada vez que hay colada en el patio. Se dedica a hacerlo toda la mañana. Atraviesa el pasillo de tela, sumergida en ese palacio del que se ve princesa, con fuentes y jardines que ella misma imagina en su propio laberinto blanco.

Sabe la niña muda que, si camina con cuidado, la madre no la regaña. Por eso bracea lo justo y se mueve con tiento, pues, si alguno de los alfileres se desprendiera de la cuerda, se desharía el hechizo y entonces llegaría el castigo.

La mañana que la Tuerta lavó el paracaídas, el palacio de siempre amaneció distinto. Los jirones de seda descansaban sobre las cuerdas del tendedero, así que la niña muda cambió de ensoñación. Se vio, esta vez, en una cabaña con tejado. Y se entretuvo en contemplarla.

Supuso que se podría ver la luna a través de los agujeros, pues el techo del paracaídas lucía dos claraboyas a medio romper. La niña muda zambulló la cara en la tela y la notó tan suave, tan lejos de los muros de las sábanas de su madre, que quiso conservar para sí un pedazo de ese paraíso. Rasgó lo que faltaba de uno de los pedazos y guardó la seda en el bolsillo.

El dueño de esa maravilla respiraba dentro de la casa, luchaba por existir tras las paredes. Le pareció toda una proeza, así que decidió ir a visitarlo.

Cuando llegó a la alcoba, la niña muda encontró al hombre incorporado en el lecho. Tenía la atención perdida en la ventana, plegada al calor que le rozaba la frente pero que duraría poco, pues era un sol fugaz.

Seguía siendo blanco. Aunque ahora su aspecto era aseado. Con ese rostro tan áspero como las sábanas, que nada tenían que ver con la tela con la que había caído de las nubes.

El enfermo giró la cabeza al percibirla, pero, cuando la niña muda se asomó a sus ojos, no vio nada. Ahí dentro no había juegos ni fantasía. Por eso avanzó para mirar más de cerca. Y cuando le rozó la frente y supo que en esa mirada no habría respuestas, sintió mucha pena. Así que metió la mano en el bolsillo y sacó el retal, el mejor tesoro de los que había encontrado.

Le pasó la seda por la cara. El hombre acercó los dedos al consuelo, como en un acto reflejo. Aunque, antes de tocarlo, detuvo la mano. Como si aquel movimiento fuera a tener consecuencias fatales y supusiera un antes y un después. El enfermo se quedó quieto y dejó que la niña siguiera con la caricia.

La niña muda le entregó entonces el pedazo de seda y, tras mirarlo un buen rato, después de sentirlo entre los dedos, el hombre dejó caer la mano, se perdió otra vez en la ventana y se sumió en un nuevo letargo del que estaba claro que tardaría en regresar.

Parecía que todo lo relacionado con el paracaidista tendría que aplazarse. La niña muda había aguardado durante días a que despertara. Lo esperaba con ilusión y no había previsto tal ausencia de palabras. Siempre las notaba burbujear en todas partes menos precisamente allí, en esa casa de las afueras, donde todos preferían callar.

Era por aquella impaciencia que la niña muda había empezado a preguntar al fuego, porque a veces el vacío se le hacía insoportable. Prefería el calor, el cobijo de las llamas que siempre le proporcionaban respuestas. Aunque, con algunos interrogantes, ni con la lumbre bastaba.

Como lo que pasó con el abuelo tintorero. O con la abuela, su mujer, a quien, al parecer, le entró algo grave. Algo grave y basta, que es donde su madre cortaba la conversación. Como si basta fuera un límite aceptable, como si a ella le bastara ese límite. Como si una sola palabra pudiera retener al resto, secuestrar las preguntas que se habían ido acumulando, una tras otra, en su cabeza.

Pero aquella tarde, cuando la niña muda se convenció de que en ese cuarto no hallaría nada y bajó junto a la lumbre a calentarse, no acudió para buscar respuestas.

Sacó el pedazo de seda. Olía tan bien y era tan suave. Con él se acarició también ella la cara. Lo hizo cada vez más despacio, para descifrar el mecanismo. Gozando de esa dulzura como si se tratara de una adicción. No recordaba haber sentido algo tan delicado sobre sí misma. Y pensó que a lo mejor podría conseguir más. Preservaría aquel fulgor porque, si su madre desechaba la tela, o incluso le prendía fuego, sería una catástrofe.

No. A la lumbre, no. Ojalá las llamas no le exigieran nunca una ofrenda. Hasta entonces la niña muda no había tenido que hacer sacrificios, pero nada era seguro. La lumbre era tan larga que tocaba el techo de la chimenea, y si prestaba algo era para cobrárselo luego. Se lo había oído decir al Santo Nuevo, que en eso no se equivocaba.

Así que se tapó la cara con la seda y jugó a mirar a través de ella, como si fuera una novia y aquel retal, su velo. La tela se puso caliente, le quemaba las pestañas. A punto estaba la niña muda de destaparse para buscar el fresco cuando le golpeó aquel aire.

Sintió el frío intenso, sin asidero. Como si la lanzaran de bruces contra el viento. Una fuerza invisible le tiraba de los pies, la empujaba hacia un pozo de nubes, sin precipicio en el que agarrarse.

Al percibir todo eso, la niña muda tiró bien lejos el trapo. Pero el contacto ya estaba hecho y no le quedó otra que abandonarse. Seguir. Obligarse a ver y zambullirse en el vértigo.

Fue como tener aquel hombre metido en el cuerpo. Como ser él y sentirse dolor rasgando el horizonte. Cruzar el cielo con el mundo precipitándose.

Quién iba a creer que todo acabaría de esa manera. Que bajo los pies se vería el fin, cada vez más cerca.

Con la herida que sangra y el alma cayendo.

Con el suelo.

Que ahí está.

Que ya llega.

Con tanto, tanto miedo.

LOS CARACOLES

X

El luto había cubierto los interiores de la verja negra, pero la rutina de los Cascas era la misma. De la mañana a la noche, las horas transcurrían a paso marcial, como cada día.

Siempre había sido gris la costumbre de la familia. Cada hermano decidía en la alcoba su vida y solo la juntaba con las demás para nutrirla, para engullir los guisos y masticar los avances, los de ellos y los de fuera, pues alrededor de esa hacienda giraba el pueblo entero. Una vida encarrilada siempre era más confortable, por mucho que fuera rutinaria. Aunque a veces hubiera alteraciones.

Como lo del baúl del Cascas Canijo. Aquel que había llegado en el tren y que se había quedado durante días en el establo. Que soltaba tal peste que nadie quería acercarse, por si era de cadáver. Pues con un muerto ya habían tenido bastante.

Cuando, al día siguiente del entierro, el Cascas aireó el secreto, los criados se arremolinaron para ver lo que expulsaba el olor. El Canijo abrió la caja y descubrió lo que habitaba dentro. Y, al verlo, la Molienda contuvo una arcada.

El baúl estaba lleno de caracoles. Babosas que subían y bajaban, que reptaban a cargo de su concha, al igual que la Alcuza portaba su joroba. El Cascas Canijo los admiraba como el que adora un diamante. Ordenó que fueran a por más hielo, porque el que los conservaba ya menguaba, y comenzó su conferencia sin quitar ojo de la caja. Dijo que había traído los caracoles de otras tierras. De ultramar, había asegurado, pavoneándose de influencias, porque en aquella familia, seguía diciendo, por fin había lustre en las ideas.

Los caracoles escapaban hacia afuera. Desbordaban su prisión con olor a ataúd, ignorantes de su dueño, que hablaba de un negocio fino que traería prosperidades. Una empresa elegante que devolvería al pueblo el renombre antiguo.

Al ver el panorama, la Alcuza se retiró al lugar más alejado del patio. El cuerpo del hermano aún con la carne tiesa y el Cascas Canijo hablando de ilusiones. Pero comprendía las ansias de grandeza: después de una vida agazapado en el lugar más estrecho, sin sitio para ensancharse, no había tiempo que perder.

Jamás había tenido el Cascas Canijo un papel principal en la familia. Y todo porque creció sin atenciones, que ni siquiera al principio tuvo derecho a privilegios. A la Cascas Vieja se le fue la leche en cuanto lo tiró al mundo, en ese parto que casi se la lleva también a ella. La impresión la dejó tan tocada como para repudiar al hijo y no querer alimentarlo.

Por llegar el último y tan a destiempo, acabó el niño en una esquina. Así que no le quedó otra que encandilarse. Perderse en fantasías que despertaban los recelos del Cascas padre. Nada que pudiera cumplirse en esos montes llenos de olivas.

Por eso la Alcuza le tenía compasión, pues le veía el más indefenso. Era el único Cascas que había querido como a uno de los suyos. Porque entre ella y el ama lo sacaron adelante y lo cuidaron con la misma compasión con la que trataban a los de su clase. Aunque solo hizo falta que pasara el tiempo, que el Cascas Canijo se hiciera hombre en aquella casa engalanada de maldad, para que aprendiera que la que friega el suelo no es igual que el que lo pisa.

Pero la vieja Alcuza no perdía la esperanza de que algún buen fondo le quedara y demostrase que ser Cascas no significaba tener que pisar el cuello de nadie.

Supuso que el nuevo capricho se desinflaría, que terminaría arrumbado junto al resto. Solo sería cuestión de que se acabara el hielo y que los bichos fueran cayendo. Así que no se alarmó lo más mínimo por el pregón. La nueva manía sería rescoldo pasados unos días.

Regresó a sus quehaceres la Alcuza, porque el trabajo es la única rutina y de esa nadie se libra. Estaba repartiendo las labores cuando se fijó en el rictus de la Molienda. La muchacha llevaba días callada. No se la había escuchado desde el camposanto. Desde el día de la niebla, de la tía y de su escena.

La Alcuza entendía el desaguisado que estaría sufriendo. Al no tener las miradas de su lado, preferiría guardar silencio. No sería ella quien se lo tuviera en cuenta.

Las criadas entraron desde el patio, provenientes del otro espectáculo. Estaban espantadas con la sorpresa, pero querían disimularlo. Ya acumulaban suficiente susto y por eso tardaron de más en compartir lo que a cada una le rondaba la cabeza, que en el fondo era un mismo pensamiento.

—¿Y dice que de ahí va a sacar los colores?

—Sí. De los bichos.

—Jesús. Menudo encantamiento.

—En su día lo hacía el tintorero.

—Y mira cómo acabó el pobre.

—Quita. Eso mejor ni mentarlo.

—Dice que es algo científico.

—Pues yo a ese poca ciencia le veo.

—Sí. A saber lo que lleva en la mollera.

—Él verá en qué se gasta los dineros.

Todas se habían lanzado a parlotear para no hablar de su verdadero temor, el que no se atrevían a mencionar. El miedo a que en esa casa se hubiera instalado la sombra y que, uno tras otro, se fueran matando. Porque, si lo que la Barda había gritado era verdad, si el Cascas Grande se había quitado la vida, ahora el mal podía entrarle a cualquiera. Que demasiado había tardado en llegar la sombra hasta la verja negra.

—Ha dicho la señora que va a llamar al Santo Nuevo.

La frase se le fue a Molienda como se le escapa al viejo la orina. Cuando ya es tanta la presión que el meado se le sale del cuerpo. La muchacha acababa de poner voz a lo que la desbordaba. Que, en verdad, cada una lo padecía. Y en silencio todas asintieron. Se esperanzaron con el arreglo y rezaron por dentro un padrenuestro.

La señora había dicho que en su casa no cabría maldición. El Santo la limpiaría. Como si la sombra entendiera de lugares. La Alcuza había mandado recado y se le esperaba para esa tarde, aunque no estaba muy segura de la mano del Santo. De si su gracia sería lo que hacía falta, lo que sanaría aquellas paredes. Si bastaría para entender esa muerte. Porque algo serio se traía el Cascas Grande. Y, si no, por qué volvió tan revuelto la noche que se voló los sesos.

Cuando lo encontraron en el suelo del despacho, la señora había querido saberlo. Preguntó si el hermano había pasado por la taberna y cuánto vino había pagado. Aunque los pasos del Cascas Grande apestando la calle a bandazos no eran novedad para nadie.

Pero fue distinto esa vez. Que la Alcuza lo vio bien a la vuelta. Porque, hasta que no se echa la llave del portón, ella no se duerme. Y aquel Cascas, el que traía los ojos hechos fuego, era como el de antes. Como el de aquellos tiempos. Cuando necesitaba el horror de los demás para sentir y lo que sentía daba espanto.

En esas reflexiones andaba la Alcuza cuando sintió en la joroba al Cascas Canijo. Había entrado a la cocina a consultar y por lo que preguntaba era por la Molienda. Por la muchacha, que en ese momento limpiaba la alacena, ignorante de que ahora era cordera y que la llamaban al matadero.

La Alcuza llevaba temiéndolo meses. Porque la Molienda cada vez estaba más tierna, y ni los harapos podían cubrir la dulzura de su carne. Sintió rabia por no haberlo adivinado, pues el temor había sido con el

Cascas Grande. Creyó la Alcuza que, con su muerte, la chiquilla ya estaría a salvo. Lo que jamás pensó fue que de aquello se encargaría el hermano chico.

Solo deseó que el encuentro fuera breve. Y que el Cascas Canijo, que con la caza no era muy diestro, allí tampoco tuviera acierto ni a la chica le germinara dentro. Pero cuando la Molienda, muerta de miedo, oyó cerrarse tras ella las puertas del despacho, descubrió que el Cascas Canijo tenía otros planes.

Y cuando, pasado un rato, la muchacha huyó por el pasillo, la Alcuza se dio cuenta de que nada deshonroso había pasado ahí dentro. Aunque a saber qué ideas se manejaban. Porque el Cascas Canijo, quisiera ella o no, era digno de su sangre.

*

La madre del Bardo no deja de escarbar. A pesar de que recordar no le hace bien y de que el pasado nunca le consuela, necesita sacar el tormento a la luz. Para la Barda, la memoria es una bomba que estalla. La despedaza. La despoja de juicio y le desconcha la frente contra el muro.

Si la Barda pudiera sacar de ahí a la niña, de esa cárcel de pobres que es una trampa para criaturas, resolvería buena parte del problema. Maldito el día en que su sobrina entró a servir ahí. Maldita la hora en la que el hambre logró doblegarla. Ahora tendrían bastante menos, sí, pero el Pico seguiría vivo y ella no estaría aguantándose las ganas de ir hasta allí, de tirarse contra la verja y maldecirlos por entre los barrotes.

Hasta qué hora la infamia puede aguantarse. Hasta qué momento. Como esa idea del señorito de ir a por la Molienda. De decirle que hable con el Chico, que convenza a la madre, a la Tuerta, porque ahora la vida es de otra manera. Que hay buenas intenciones y que seguro que encuentran un modo de entenderse. Que le dé las libretas. Pero qué se ha creído ese.

De sobra saben todos que los Cascas no piden a nadie permiso. Pero es que al Canijo le falta una carta. Pues nadie sabe de teñir telas con caracoles. Solo la Tuerta. Que ese saber es su único legado y nadie más lo conserva.

Sin ese as, la baraja no sirve para nada. La empresa se echa a perder. Que menudas luces las del Canijo empezando la casa por las tejas. Traerse los caracoles sin poseer todavía la ciencia ni nadie que se la ilustre.

Menudas pretensiones. Que hasta se ha quedado el taller del tintorero sin decírselo a la Tuerta. Ha invadido el cortijo sin consultarle y ahora confía en que ella se pliegue ante él y le alimente la codicia.

Ni uno de los Cascas entiende lo que es deslomarse. Ni una aceituna han recogido del suelo y se creen que todo lo saben, y ahora se piensan que los negocios prosperan solo con soltar las perras.

Como el Canijo, que va de santo, pero que a buen seguro es otro demonio como el hermano. Lo mismito que era el padre. Máscara de cordero para tapar las fauces de lobo. Y si no, por qué llegaba con miedo la Molienda, que hasta las palabras había que arrancarle. Que acabó por confesar que ahora qué iba a hacer ella y que no se atrevía a pisar una baldosa dentro de la verja negra.

Verás cuando se entere la Tuerta. Que seguro que ya lo sabrá, porque en ese pueblo no queda decencia. Porque alguno le habrá llegado ya con el chisme para mirarle la cara y disfrutar de cómo se le queda.

Cómo voy a pedirle yo eso, lloraba la Molienda. Ay, madre mía de mi alma. Cómo voy a hacerlo. Y lo repetía apretándose el vientre. Ese por el que teme. Porque de los Cascas nadie se fía, y las criadas, aún menos.

Ay, si el tintorero levantara la cabeza. Si viera en lo que han quedado su taller y las ruinas de su hija. Que fue a parar con el hijo del hortelano, ese indeseable. Y de aquella manera. Con la gracia de los dedos echándose a perder. Que ni se acerca al dedal porque ya no puede ni mirarlo.

La Barda se sorprende de que la Tuerta pueda sobrevivir a tanto. A lo que le hicieron al padre cuando lo llevaron preso y el modo en que se lo asesinaron.

Cuando la noticia les llegó, solo pudieron ir a llorarle. A rezar a escondidas a la tapia de fuera. A llegarse ante el montículo sin nombre, marcado con la seña hecha de ladrillo, sin figurarse cómo estaría. Que a saber los tormentos que le habrían hecho pasar en el penal y lo que habría quedado. Y todo por el Cascas Viejo, que se puso a mandar y se empeñó en denunciarle. Que se hizo amigo de los perros, esos que le pusieron en el hocico los olivares como premio.

Y después, lo de la madre. Que, cuando quiso sacarlo de allí, de aquella tumba sin letrero, porque su marido no había hecho mal a nadie, también la apresaron. Le cortaron a calvas el pelo. Y cuando la soltaron la mortificaron tanto que no quiso seguir viviendo.

Así fue como la hija del tintorero acabó tiñendo ella sola el mundo de negro. Hasta que no hubo más trapos que manchar porque cada familia tenía ya su cadáver.

Suerte que después de lo de la madre le llegara algo que coser. Que tuviera ese don y un sitio para acurrucarse. Y todo por el empeño de la Barda, de ella y de la hermana, que se turnaban para abrazarla y meterle el pan en la boca.

Pero después le llegó lo otro. Lo de la Cascas. Que, cuando oye mentarla, la Tuerta aprieta el párpado y aparta la mirada.

Y ya después, cuando la Tuerta ya era tuerta y terminó por marcharse. Jamás olvidará aquella tarde. Cuando ambas se abrazaron y lloraron empapándose las espaldas. Porque las dos sabían que la Barda bastante tenía. Con la hermana muerta, recién asesinada, los dos hijos y una huérfana que lloraba de hambre y de añoranza.

Así que la Tuerta dijo que sí y se entregó al hijo del hortelano. Se llevó lo que quedaba de ella y lo escondió en esa casa, a las afueras. Con la vida pintada de ceniza y solo un ojo para mirarla. Con el pecho de cartón y la cuenca vacía.

Cuánta farsa. Porque, por mucho que digan las bocas y los santos nuevos o viejos, la Barda sabe lo que pasa en esos montes. Que en ese pueblo no hay maldiciones y lo único que hay son bestias, pero de las verdaderas. Porque la gente elige sus mentiras y a sí mismos se las cuentan.

Como lo del Cascas Grande, que por algo se tuvo que matar. Que no se cree ella que existan sombras sobre nadie. Que lo que hay es el mal volviéndose en contra. Y algo tuvo que pasar para que aquel demonio decidiera dispararse.

Es lo que tiene esparcir la brea. Plantar mal y que se tuerza. El daño se anuda, crece a través de los años y en cada siembra destroza las cepas. Malogra vidas enteras y las de su descendencia.

Porque los Cascas se quedaron los campos y ellos solos se las apañaron para llenarlos de epidemia. Y ahora qué. Qué es lo que pasa cuando la mala hierba también llama a tu puerta, cuando brota y se enreda y llega y te invade la tierra.

Que desde entonces el mal campa a sus anchas. Y ahora no se para, porque ya es una plaga. No entiende de edades, ni de familias. No distingue de lutos, los recientes o los antiguos, de paños nuevos o de harapos recién teñidos. Se cuela entre las rendijas. Por los ojos de las cerraduras vierte la parca su aliento turbio, podrido de miedo.

Hay una muerte aguardando para cada vida, y las que se quedan aúllan cada vez que se llevan otra hacia el cementerio.

Metidos en una caja. O por fuera. Pudriéndose sin ella.

XI

Parece que fue hace mucho y, en realidad, no hace tanto. No ha pasado tanto tiempo.

Después de dejar a la niña muda en la cama, de acariciarle la frente y cuidar de que no se despierte, la Tuerta ha bajado a la cocina en busca de la despensa. Del trago que le conforta el resuello.

La Tuerta ya sabe lo del cortijo. El marido ha llegado armado con la noticia y se la ha lanzado desde el otro lado de la mesa. Ha dicho que el Cascas Canijo se ha hecho con el taller y con las ruinas. Que las levantará otra vez y que pondrá el negocio en marcha. Que aquello traerá prosperidades.

De eso la Tuerta no cree una palabra. Sí es así, que le aproveche, piensa. Qué se le va a hacer si así son las cosas. Y ante la mirada del Chico, que le reclamaba un reproche, ha preferido lavar y conformarse. Retirarse a esconder las frases en la pila.

Cada noche que la Tuerta sale a hurtadillas necesita que el alcohol le embriague la cabeza. Después esconde la botella, se oculta bajo la toquilla y encaja con cuidado la puerta del patio. Lo hace despacio para que nadie despierte. Para que ninguno llegue a enterarse de que sale a la calle ni por qué lo hace. Luego absorbe la madrugada. Siempre la misma quietud que emana la noche. Porque en ese pueblo la oscuridad nunca cambia.

El día que la Tuerta cerró aquella otra puerta, la del cortijo, besó la llave porque sabía que nunca regresaría. Los pasos ya no resonarían de igual manera en el taller. No rebotarían en él las voces, ni las paredes serían capaces de devolvérselas. No sería por más tiempo el refugio que tanto había querido, por mucho que cada piedra que habitaba ese muro le hablara de su padre.

Aún recuerda el almacén con las vasijas pudriéndose. Los efluvios de los caracoles penetrando hasta el ombligo, colándose por los orificios de la nariz, tan pequeños entonces como cabezas de cerilla. La Tuerta lo tiene muy presente. Percibe el olor tan de cerca que le cuesta creer que ya no quede nada del ayer y que le hayan pasado por encima tantas cosechas.

Le quedaron las manos, lo único que nadie le había arrebatado, y su fin fue el de coser con ellas. Crear para otras y vestirlas para la iglesia, ya fuera para la misa del domingo o para entregarse a los maridos. Doblegarse ella también a la tiranía del sustento, a la pisada de la máquina, día y noche. Atar los dedos con encargos y olvidarse de las otras épocas, porque los tiempos habían cambiado y ahora había que apresurarse. Que en la casa de la Barda rugía el hambre.

El eco de la noticia le ha devuelto a la Tuerta el regusto de la rabia. Aunque da igual lo que ese Cascas pretenda, porque no conseguirá nada. Bien ocultos tiene ella los secretos del tintorero. En las libretas del fondo del cajón, con su letra larga y elegante, y también en sus adentros, que allí estarán aunque a la casa le prendieran fuego.

Tiene presentes las recetas, por mucho que apenas pueda leerlas. El saber de aquellos días, de cuando la dejaron entrar y pudo habitar entre las vasijas. Hubo un momento en el que dejó de haber normas —Si te lo acabas todo, te llevo a ver los caracoles—, y el hilo con el tintorero se convirtió en hebra de hierro.

Cuando la Tuerta llega a la plaza y ve la escarcha de la fuente, la memoria se estremece. Regresa a aquella época, cuando su padre le tiñó el bajo a la bandera. Con el púrpura divino, que qué casualidad que aquel emblema lo tuviera.

A eso se dedicó el tintorero. A festejar y a regalar por el pueblo blasones de faldón morado. A pesar de los ruegos de la madre, que aconsejaba prudencia.

Pero él no hacía caso. Nunca escuchaba. Cargado de razones afirmaba que ahí no habría lugar para rencillas. Que ya todos eran iguales y entre ellos mismos habrían de entenderse. Y levantaba el vaso para brindar con el aprendiz por los nuevos tiempos, aquel muchacho afable, que reía pero que no vociferaba, porque apenas probaba el vino que el tintorero le servía.

A veces la Tuerta piensa en aquel aprendiz. En lo poco que recuerda de él y en el tinte que le salpicaba las manos. Cuando tenía un rato libre en el trabajo, las manos del muchacho la levantaban para sentarla en la mesa. Una vez ahí, le apretaba con fuerza la nariz y se la ocultaba entre los dedos de churretes morados. O cuando tomaba una hoja y, tras unos pliegues y un poco de trabajo, le mostraba el resultado de la obra: un avión de papel. Diferentes versiones y tamaños, pero siempre la misma forma. Un avión que apenas volaba. Un juguete para poco tiempo. Después de atender el proceso, el aprendiz se lo regalaba, y ella pensaba que, aunque fuera aprendiz, aquel muchacho ya era un artista.

Si hubiera sabido lo que pasaría después, su padre les habría hecho caso. Como el día de la comunión, antes de la tormenta. Aquel en el que el nublo descargó y la lluvia destiñó las banderas. Esa tarde los tres salieron con el paraguas de la iglesia y el padre les dijo que ahí se separaban, que él tomaría la otra ruta y se encontrarían de nuevo en la casa.

Si su padre hubiera sabido el miedo que las dos pasaron por el camino. Cómo ella atravesó el pueblo rogando por no escuchar ningún tiro, pues, si era verdad que tenía a Dios en la barriga, que el cura acababa de dárselo, seguro que estaba cerca y que podía oírla. Y se ve que Dios ese día estaba atento porque, al entrar en la casa, el tintorero las esperaba en el patio. Y, al verlo, ella lloró y pisoteó y le recriminó que nunca, nunca hiciera caso. Y terminó abrazándolo.

Pero cuando, días más tarde, el guardia se lo llevó, Dios ya estaba bien lejos. Porque, entonces ya sí, se oyeron juntos todos los disparos. Con el primer olor a pólvora salió el tintorero del taller, que hasta allí fueron para prenderlo.

La hija del tintorero nunca comprendió cómo, años después, el púrpura de la riqueza pasó a ser el emblema de la infamia. Cómo alguien tan aclamado de repente pasó a ser un traidor. Pero nadie le dio la respuesta, pues ahí estaba el motivo, bien señalado con color morado. Y el púrpura que llevaba en las manos mientras lo arrastraban por el suelo acabó tiñéndole al padre el resto del cuerpo.

El día que cayó, que oyeron la muerte a lo lejos, supieron que la sombra acababa de atravesarles el alma. El negro apestando el aire, junto a la tapia del cementerio. No hubo más tintorero. Los colores se habían apagado y ya no estaría él para arreglarlo.

La Tuerta nunca quiere pensar en esos años. En ella y en la roca con forma de perro, desde donde miraba los trenes pasar de largo y gritaba para sacarse la rabia de dentro. Aquella roca que le escuchaba los lamentos y le consolaba la pérdida, pero que pronto tuvo que cambiar por la tapia de fuera. Porque allí era donde estaba su padre, y encontraba más consuelo cerca de él y llorándole que soñando con retales.

Y eso recuerda la Tuerta cada vez que llega al muro del cementerio. Donde busca el ladrillo que le marca el vacío, que es su existencia. Sabe que aún le queda un padre debajo de toda esa tierra. Lo percibe ahí, acurrucado bajo sus pies, como si durmiera, porque es lo que le hace menos daño. Que ni se atreve a figurarse cómo habrá quedado.

La Tuerta enhebra su recuerdo. Tira del hilo, pero pierde la madeja. El padre se le desdibuja mientras añora una cara que poder ver a medias, un esbozo que le acolche la ausencia, pues ni retratos conserva para palparle. Y entonces tiene miedo, porque no sabe si, cuando se reencuentren, podrá reconocerlo.

Pero ella es la prueba de que alguna vez existió. La única de que el padre atravesó el mundo antes de que se volviera negro.

Le habría gustado patear de nuevo el suelo. Llamar a la tierra y hacerle llegar su mensaje. Pero cómo escarbar y llegar hasta lo que queda, que ya será solo hueso. Soledad como la suya, que está allí arriba, a la espera. Pues la Tuerta aún añora a su padre y se ha jurado no olvidarle.

Y entonces avanza un poco y va hacia ella. Hacia la tierra que sabe que la guarda y que, a veces, en primavera, se cubre de azafranes. La Tuerta aprieta su único ojo y entonces, ya sí, a él acuden las lágrimas. Y desarmada se agacha y la arropa, al igual que hace cada noche con la hija muda, cuando se figura que su madre sigue todavía con ella.

Su madre, la tintorera, que, cuando supo lo que había sido del marido, se llegó hasta allí para sacarle del hoyo. Porque él era hombre de iglesia y ese sitio no era sagrado ni estaba por dentro del cementerio.

Pero alguien vigilaba las trampas de los vencidos. Y a la tercera palada que dio la tintorera, se acercaron a detenerla. Se la llevaron y lo que le vino después le duele aún más a la Tuerta cuando lo recuerda.

No quedó otra que dejar allí al padre. Abandonarle mientras el resto, los que se cruzaban de calle, las abandonaban también a ellas. La Tuerta recuerda a la madre apretándole la mano. La crueldad de los de enfrente rechinándole en los dientes.

A pesar de la vileza, la tintorera resistió algunas estaciones. El cuerpo se le consumía, pero ella siguió adelante. Con el taller que le quedó del marido, y el aprendiz, que se quedó por allí cerca, continuó con la angustia a cuestas. Y ya sin caracoles tiñeron los harapos de tristeza. Así aguantaron y comieron lo que quedó de guerra.

A veces la Tuerta piensa en qué sería del aprendiz. Despareció en mitad de la contienda. Sucedió una de esas jornadas en las que tantos se marchaban. O se los tragaba el monte o se esfumaban sin dejar rastro ni montículo ante el que rezar. En esos días el pueblo estaba lleno de ausencias y, cuando se oían los disparos, la tintorera iba hasta su cama, la abrazaba y le tapaba los oídos con la almohada.

Pero esa vez ya no. La mañana en que él desapareció, la madre no fue a despertarla. Salió por la noche y no regresó hasta el alba, que la Tuerta todavía lo recuerda. Que cuando se levantó la encontró desconsolada, gritándole al techo y tirando de la cruz de la pared, con el cuerpo teñido de lágrimas.

Ahora era la niña la que consolaba a la tintorera, la que se volvía madre y se llegaba hasta la cama para cuidarla, para aliviarle los zumbidos de las bombas, aquellos estallidos que la volvían loca. Pero ella era tan chica. Tanto que aún no sabía cómo se atienden las penas. Que hasta pensaba que podían curarse y que había modo de remediarlas.

Qué sería de ellas si su madre no se levantaba. Morirían de hambre si la tintorera no volvía a su ser. Pero lo hizo. Un día la madre se puso de pie, salió de la casa y se paseó por el pueblo. Repleta de negro y desierta de llanto, arrastró el duelo.

Sin marido, aprendiz ni resistencia ya solo le quedaba la hija, la que más tarde sería tuerta. Que hizo lo poco que puede hacer una criatura sin maestro y sin porvenir.

Acabó sus días la tintorera quitando el color de los harapos, las ropas de las que aún enterraban, a las que todavía tenían a alguien para que se lo mataran. Y entonces la sombra llegó y ahogó lo poco que quedaba de ella.

Lo último que la tocó fue la cuerda. La lazada que le desató el espíritu. Sola, frente al marido, acabó la tintorera. Que la Tuerta lo sabe porque acudió allí a tientas, con la navaja y la rabia debajo de la toquilla para bajarla de la oliva. Porque su madre se quitó la vida, pero entre todos se encargaron de arrebatársela.

Lo peor de descolgarla fue resistirse a odiarla. Perdonarla por no haberse quedado. Por abandonarla en ese infierno de olivares negros. La había dejado a la deriva, que es lo que pensaba la Tuerta, que aún no era tuerta, cuando cortaba la cuerda.

Ahora la Tuerta mira aquel árbol, esa oliva vieja, y sabe que lo único que quiso su madre fue liberarse, ser viento.

Y a veces, cuando acaricia la corteza, piensa en irse con ella. Pedirle el favor a la soga, que sabe ya cómo se hace.

Si sigue esa cuerda, sabe que su madre está al final. Que, allí lejos, ella la espera.

Y por eso la Tuerta la conserva.

XII

Al Cascas Canijo no le gusta que otros susurren a su paso. Eso es que le esconden secretos. Sabe que las palabras vuelan bajo cuando el que las urde no se atreve a elevarlas, pues las voces sonarían bien altas si no hubiera nada que ocultar.

Ya de niño aprendió el Cascas que en su casa había dos tipos de habla. La de la orden clara, por encima del tendal, y el bisbiseo de la criada, encorvada sobre el lavadero. No olvida que al calor de la mano que plancha se escucha mucho más que cabalgando por los campos. El Cascas Canijo lo tiene muy presente y es algo que sabe utilizar.

Tampoco olvida que la Molienda es el mejor camino para llegar hasta la Tuerta. Aunque sea un trayecto complejo. Recuerda cuando, de chico, la Alcuza le habló de aquel cortijo. De la gloria que tenía, que daba gusto verlo. Y cuando el Canijo pedía más, porque la información que había solo era esa, encontraba alrededor la misma respuesta: cosas de la guerra.

Siempre había admirado esa casa echada a perder. Digna a pesar de la derrota. Los azulejos que asomaban por las ventanas le tentaban a penetrar en las ruinas. El taller del cortijo había sido un negocio distinto. Ni ovejas ni olivas ni huertas. Otro modo de hacer que no siempre era del agrado del resto. Porque lo que el tintorero había levantado atraía riquezas, pero también recolectaba envidias.

Lo que el Cascas quiere es también su propio sendero, al margen de la oliva. Labrarse sus ganancias y que nadie le saque las cuentas. Pues la sombra de la hermana es grande y abarca demasiado.

Tiene el Canijo el croquis bien armado. Lo ha compuesto al detalle y sabe que ha de ir con tiento, porque no es fácil que la Tuerta le entregue las notas del tintorero. Pero ha de tenerlas. Conseguirlas como sea. Que para explotar esa mercancía no le vale cualquier operario. En ese pueblo todos siembran o varean, pero ninguno sabe de teñir trapos ni de cómo a los caracoles se les sacan los colores.

Hace meses que el Cascas fantasea. Que se acuesta con sus ambiciones y sueña que cabalga a la vera de los árboles. Ristras de olivas que se inclinan ante él, único amo del cortijo. Sin mandos ni faldas que le dirijan ni que le ordenen desde la tarima.

No será fácil separarse de la hermana sin que ella se huela el cisma. Aun así, el Cascas sigue barruntando ideas, porque le interesa llegar a un buen fin. Si la cosa prosperara, si los caracoles dieran beneficio, hasta le podría comprar los campos a la Cascas Mediana. Que con esa hija tan poco zalamera poco futuro le ve a su herencia.

Pero lo primero es pasar el complot por la Tuerta. Ponerle delante la carroña, que, si quiere aliviar sus odios, ahí tiene cebo de sobra. Se aliará si ve que hay provecho, pues qué va a hacer si no donde está, en esa casa oscura y apartada.

El Cascas Canijo se levanta del sillón y pasea por el despacho. Piensa ahora en la Molienda y al escritorio le ha dado ya tres vueltas. Se figura cómo habrá recibido el recado la Tuerta, porque la oferta ya ha tenido que llegarle. Mucho tarda esa en decir que sí. Que del encargo hace dos días y los bichos esperan. Aunque es cierto que cada asunto lleva su proceso, y por eso la orden de acudir al Chico primero. Tantear al hijo para ver cómo le sienta y que le traslade el trato a la madre.

Aun así, el señorito habrá de contenerse. Aguantar unos días antes de ir a la Molienda a preguntar y hacer como con el cachorro que come de la mano. Que confíe y no se espante. Paciencia hasta que sea él quien se acerque al amo.

Piensa el Cascas en la perfección de su acuerdo. Qué mejor beneficio puede obtener la Tuerta que ver levantado aquel cortijo. Recuperarlo tal y como era.

Pero a saber. Hasta sería posible que todo se fundiera y que la Tuerta, con el ojo que le queda, no alcanzara a ver el monte completo. Que el Cascas no olvida que aún queda mucho orgullo al otro lado de la verja negra.

Los odios antiguos todavía perduran, aunque bastante haya llovido sobre las banderas. Qué sentido tiene mirar hacia lo que ya está pasado, si la guerra quedó lejos y los uniformes se quedaron doblados en los arcones. Que ya nadie lucha ni mata. Ahora el pueblo es otro y la gente solo quiere paz. Y trabajo. Porque lo más decente es ganarse el jornal.

Se calmaron ya aquellos tiempos. Tanta pelea para qué, si el campo se quedó medio vacío. Que ni manos había para coger la aceituna aquellos días. Bien lo contaba su padre, el Cascas Viejo, que casi pierde la cosecha por culpa de la guerra esa.

Mejor hacer con el pasado como él con el hermano, meterlo en el hoyo y seguir caminando.

Porque la vida es como la naturaleza y se ordena en forma de escalera. Unos arriba y otros abajo. Y si a los Cascas les ha tocado en lo alto por algo será. Algún derecho tendrían.

Nunca nacen reyes en las pocilgas. Y todos harían bien en aceptarlo.

XIII

El enfermo ya podía caminar. En círculos lo llevaba la niña muda por el patio para que practicara. Sin memoria y sin habla, habría de aprenderlo todo de nuevo y aquello requería muchísimo esfuerzo.

La soltura del paracaidista era la misma de un niño que se abre camino. Avanzaba con desconfianza, a pasos cortos y desiguales. Y la niña muda, fiel cayado, guiaba ese equilibrio tambaleante.

La niña animaba al herido con un festín de carcajadas. Azuzaba las pisadas con la ilusión de una maestra. El jolgorio llegaba hasta la cocina. Aquella risa, el único ruido que la hija producía, era para la Tuerta un brochazo de vida.

Hacía más de un año que la niña muda había dejado de hablar. Ocurrió el día de la fiesta, en esa semana cruenta. La tarde en la que la maldición se instaló en casa de la Barda.

Cuando la Tuerta lo piensa, se le oscurece lo poco que todavía distingue. Sentada junto a la ventana, escucha el sonido que le llega del patio, lo más cercano a lo que algún día fue la voz de la hija. Y viaja a ese día, hace no tanto.

Ve a La Barda, enhebrada de su brazo en la verbena. Aquella feria como las de los días antiguos, cuando ambas se acompañaban. Esos en los que había esplendor en las calles y ella atendía al mundo con toda su mirada.

Aquel día la Barda y la Tuerta hicieron como que nada había pasado y se citaron en compañía de un poco de vino. Mientras los chiquillos enredaban por la plaza, las dos se relataban los chismes, como si no hubiera más tarea que referir lo que no tenía importancia.

La luz que asomaba por el monte les calentaba el traje. Amanecía la alegría. El sol le pasaba a la Tuerta por el perfil, pero, cuando aguardaba a que fuera avanzando, a que le cubriera el resto de la cara, la luz se detuvo y no hubo más. Ni ardor ni mejillas rosadas. Se terminó el rayo.

Las llamas siempre se apagan. El ocaso llega cuando menos se piensa, y en aquella verbena, rebosante de vino, de calor y de labios entrecerrados, ninguna de las dos esperaba que la sombra se apareciera.

Casi nadie lo sintió. Pero la Barda y ella sí, que se desbandaron como los pájaros, porque las dos saben de memoria cómo suenan los disparos. La Tuerta lo intuyó nada más oír el tiro, porque la casa de su amiga estaba a la vuelta, pero la Barda lo supo allí mismo, porque se trataba de la cabeza de su hijo.

Juntas se llegaron hasta la entrada y, cuando la encontraron abierta, la Tuerta sujetó a la Barda. Porque allí se olía la desgracia. Se sentía a la muerte caminar por el pasillo, esparciéndose en cada alcoba.

Guiada por el instinto, la Barda acudió a la del Pico, que fue la primera en abrir. Y, al verse de bruces con el horror, la madre dijo que no, se tapó los ojos para negar, para decirse que aquello no había pasado, que lo que había en el suelo no era el cadáver de su hijo. Los chillidos de la Barda eran los de cien bocas gritando. La Tuerta aún oye sus bramidos de animal herido.

A la casa pronto acudió todo el pueblo. Querían llevársela mientras ella se agarraba al marco de la puerta. Las uñas clavadas para que no la separaran de lo que quedaba de antes, de la vida de hacía un rato, cuando ella sonreía y el hijo estaba vivo y seguía con el cráneo en su sitio.

De casi todo eso fue testigo la niña, que apareció en mitad del drama. Y, aunque la Tuerta le ordenó que se saliera, la hija no hizo caso y se quedó a mirar. Que muchas veces la Tuerta lo repasa y se lamenta.

Y todo por consolar a la Barda, que lloraba también por el otro hijo, el Bardo, que se escapó y durante horas lo estuvieron buscando.

Ya era madrugada cuando el Chico apareció con el Bardo por el camino del río. Traía la pelliza en los hombros y la mirada perdida, que hasta había que dirigirlo por donde marchaba. El Chico lo metió en la casa y más tarde se llevó a la hermana.

Después de aquello, la niña no había vuelto a decir palabra. La Tuerta sabe que fue de la impresión, de ver al Pico muerto, que cuando la niña entró no tenía puesta ni la sábana. Y si hasta para ella fue cruenta la vivencia, ella que había crecido con el horror pegado a las suelas, no quería pensar en las noches de la chiquilla.

De ese día tan terrible, la Tuerta aún conserva parte de la tristeza. La guarda en su propio hueco, junto a los otros pedazos de suplicio. Pero esa risa, los dientes de su hija entreabiertos, la carraca de sonidos que ahora deja escapar, le alivia el remordimiento. Le lleva a creer que a la niña muda aún le habitan las palabras, que le moran en alguna hendidura y que un día brotarán como lo hace el almendro frente al sol del invierno.

El paracaidista se había sentado junto a los geranios. Después de tanto recorrido necesitaba descansar. A pesar del esfuerzo, el paseo le servía de alivio y distracción.

La Tuerta dudaba de si esa nueva vez para todo, aquella segunda oportunidad para aprender a ser hombre, sería para él una suerte o una desdicha. Le habría gustado penetrar en su cabeza. Porque habría jurado que debajo de esa piel había alguien que reclamaba salir.

Y, de manera inesperada, como cuando la nieve cubre las casas, el enfermo estiró un brazo y le prendió a la niña una flor en el pelo. La había arrancado de una maceta y, después de mirarla, se la había colocado por encima de la oreja.

Al verse protagonista del gesto, la niña muda dio un salto y le abrazó la espalda. Y la Tuerta entonces supo que algo dentro del paracaidista continuaba latiendo. Que aquel hombre no había perdido nada, que lo tenía por debajo y que solo había que esperar a que los días se lo rescataran.

Supo que en su vida habría habido otras flores. Pétalos para una madre, una hermana o una muchacha. No era esa la primera vez, porque sabía lo que hacía. Entendía el significado del gesto y la Tuerta supo que en algún momento, en otra vida, le habría prendido alguna flor a alguien que había querido.

La Tuerta se acercó hasta la puerta del patio. Puede que, si hacía llamar al Santo Nuevo, empujara al enfermo para que le brotaran los hechos. No se perdía nada y estaba en su deber si había posibilidades. El Chico podría llevar el mandado un día que bajara a la aldea.

Bien era verdad que, con la niña muda, el Santo no tuvo mucho acierto. Que, cuando se llegó y la tocó y le rezó cerca, dijo que había sido de la impresión. De ver al Pico sin cabeza. Y la Tuerta pensó que para decir eso no hacía falta que ningún santo la visitara. Pero le dio la voluntad por dársela y para que no tuviera queja.

Sería posible, sin embargo, que con el hombre fuera distinto. Le advertía la Tuerta cierta ternura. Se la palpaba bajo la tela. En el trato con la hija, que le hacía fiestas con cada avance, que aplaudía cada vez que el enfermo alcanzaba un borde o rodeaba una silla. Y, al verse capaz de algo, de cualquier cosa que a ella le entusiasmara, él sonreía y buscaba a la Tuerta con la mirada.

Mientras tanto, ella seguía observando. Desde su ventana, en la cocina, escudriñaba y hasta le atisbaba al enfermo cierta hermosura, que ahí estaba escondida. Hundida entre la piel que le cubría los huesos y que en otros días, con los músculos llenos, habría estado tersa.

Hasta habría podido pensar que le atraía. Si no fuera por ella. Y por el gris de fondo, tan perenne que ya lo era todo. Ese todo que había rodeándolos.

XIV

La Molienda por fin ha revelado al Chico sus inquietudes. Sabe que ha hecho bien en decírselo.

Cuando la muchacha apareció en la linde, junto a aquel río secreto que para ellos es ya un confesionario, llevaba dos días rumiando cómo presentarle lo ocurrido.

Le había costado decidirse. Y, aunque la costumbre de despojarse solo la tuviera dentro de la iglesia, se había llegado hasta allí porque era de ley. Pues habían sido varios días sin visitar el meandro y él ya estaría preocupado de no encontrarla allí, en el lugar compartido.

El pecho de la Molienda cargaba con un discurso entero. Acudía lleno de compasión, pero también de otros sentimientos a los que no sabía qué nombre poner. Porque, aunque el Chico nació después que ella, a sus ojos ya es un hombre, y uno que la escucha y la comprende.

Siendo hijo de la Tuerta no es posible que sea malo, por mucho que el padre sea un cabestro de taberna. La Molienda entrevé la suavidad en sus modos e intenciones. Que no lo imagina la Molienda levantándole la mano.

Solo hay una cosa que frena a la muchacha. Y es que las voces dicen que la muerte es como una herencia: que pesa, se carga en el espinazo y se camina con ella. Las que afirman que de la soga no se libra la Tuerta, que a punto estuvo ya de ahorcarse. Igualito que su madre, la tintorera. Y ella sabe que es verdad, que las voces no mienten, que la abuela del Chico se quedó hundida y, cuando no pudo más con el cuerpo, lo colgó de la oliva.

Cuánto miedo tiene la Molienda de que la sombra vuelva a presentarse. Ella no quiere que el Chico siga el mismo caminar. Porque a veces, acostada, piensa en él y en lo que hará en su cama. Y en si lo hará pensando en ella. Sabe que no está bien marear eso en la cabeza. Que no es decente. Pero aun así lo piensa, aunque luego no lo cuenta.

Eso se queda en el pozo de lo secreto. Ahora las palabras se le atropellan y hay otras más urgentes. Tiene mucho para decir y tiempo para poco. Como lo del Cascas. Que no sabe cómo contarlo para que al Chico no le hiera. Y, cuando lo hace, teme que él piense que es una traidora.

Suerte que el Chico la cree. Y sabe. Y cuando la Molienda le confiesa, él le pide que no lo cuente.

Solo a la tía, a la Barda, porque ya estará enterada. Pero a la Tuerta mejor no decirle, por mucho que luego acabe sabiéndose. Que al final así será, porque en aquel pueblo los rumores corren más rápido que las liebres.

Chico siempre ha sabido cómo esconderse los adentros. Y, cuando la Molienda le ha relatado, ha hecho como que no le afectaba, aunque ha apretado el puño al oírlo. La muchacha hablaba y descansaba el peso de la carga, al tiempo que él se componía el desarrollo de los eventos. El Cascas Canijo había montado una encerrona. Usaba a la Molienda de anzuelo. Y en esa jaula de oro estarían todos dentro.

Con negarse habría bastante. En un periquete se sanaría el problema. Pero teme por la muchacha. Porque la Tuerta no va a darle nada al Cascas y verás cuando el señorito se entere. Lo pagará con la mensajera. A Chico no le hace falta escuela para figurarse la historia. Sabe que ella corre peligro en esa casa. Y, tras cabecear un poco y callar lo que le duró el movimiento, se aventuró con la medida. Sacó la navaja del zurrón, su cuchillo verde de pastor, y se la puso en la mano a la Molienda.

—Te la llevas.

Al ver eso, a la Molienda le volvió el llanto. Que hasta hipos le nacían.

—Que no. Que no me la llevo.

—Te la llevas. Que sí.

—Que no. Que yo no la quiero.

—Te la llevas y basta. Y le pinchas si se te acerca.

—Que no. ¡Que a mí me da miedo!

En cualquier otro día, de otra época, no habría hallado modo de convencerla, pero aquella vez pudo más el Chico, que para ganarla se le arrimó al pecho. Y mientras la vencía y le abrazaba la cintura, le deslizó la navaja en el bolsillo. La Molienda cedió. Y, cuando el Chico le puso el dedo en la boca, guardó silencio. Y también después, con el roce de los labios. Que, cuando ella notó el beso, él le apretó la mano dentro del mandil y le miró a los ojos para sellar el acuerdo. Para asegurarse de que la Molienda lo entendía y nada se les quedaba desatado.

—Corre. Si te persiguen, tú corre. Sal corriendo.

XV

Ya balbuceaba el Cascas Canijo en los años de guerra. En esos tiempos en los que era un niño chico, cuando le reprendían y se hacía el sorprendido.

De bien pequeño aprendió el Canijo a hablar, pero nunca supo explicarse. A pesar de la premura, llevaba la vergüenza en la garganta, con ese soniquete que era como un flautín y que tanto tardó en agravar.

La Cascas Mediana acababa de ser mujer cuando apareció el niño en la hacienda. Un recién llegado al que no esperaba nadie. Aquel hermano había entrado a deshora y no le despertó ni pizca de apego. Pues, por su culpa, ella se había quedado a la mitad. En mitad de dos varones, donde siempre tendría las de perder.

Fue a causa del mal parto que la madre se encerró en la alcoba. Quebrada, con las cortinas echadas y el mundo girando aparte. Sin mirar por los hijos que sí quería, de los que tampoco quiso saber más.

La Cascas Mediana miraba con odio a ese niño esmirriado, de anginas en cada invierno, que se escondía entre las faldas de la Alcuza para que le limpiaran los mocos.

Qué provecho iba a sacar mezclado con el servicio, llegando como venía en el tercer puesto. Aquel bobo con cara de asombro, que ni chillaba cuando le abofeteaban. Porque ella se despachaba a gusto, en secreto, siempre que podía descargarse la rabia.

La Cascas siempre lo había tenido en la mano. En mitad de la palma. Que si apretara podría aplastarlo. Es por eso que, al enterarse de la nueva fábrica, de las intenciones del hermano con el taller de teñido, lo había hecho llamar.

Creería el Canijo que ella no iba a enterarse, que podría ocultarle el movimiento. Y cuán grande era el error. Que en ese pueblo no se mueve una pieza sin que ella lo sepa. Sea blanca o negra, ella controla todo el tablero.

El hermano había entrado en silencio, el sombrero temblando en la mano. La Cascas goza de verle allí, desde la mesa del despacho. En ese trono dispuesto para ordenar y decidir. Y, con autoridad, exige. Quiere saberlo todo acerca del cortijo. Quiere planes, fechas, números. Antes de entrar en lo que de verdad le interesa, prefiere rodearlo, porque lo único que quiere es saber sobre ella. Sobre lo que hará la Tuerta.

El hermano agacha la cabeza. Se cumplió la semana y no tiene informaciones. Y la hermana —que sabe más que él porque, si hay una verdad, ella ya la maneja— le dice que no cuente con eso, que la Tuerta jamás tendrá voluntad de ayudarlo.

Si no fuera porque el hermano ya es un hombre, se echaría a llorar delante de ella. Ve la Cascas el puchero asomar bajo el bigote. Ese gesto de bufón que de niño le deformaba la cara. Ahora no es así, porque el hermano tiene aguante, pero si abriera las cortinas de su cabeza vería a aquel mocoso berreando, mientras la Alcuza le limpia la cara con el mandil. Como esa vez que la Cascas Mediana no quiso controlarse, que le dio hasta que se hartó de pegarle.

Sucedió en esa tarde miserable en la que siguió por la huerta al aprendiz del tintorero. Cuando la Cascas era una chiquilla y se dedicaba a vigilarle en la distancia.

Soñaba la Cascas con el aprendiz por las noches. Se figuraba un pasado para él, uno en el que se hubiera extraviado de niño y su verdadera familia acababa reclamándolo. Deseaba que el enredo resultara en un origen elevado y que quisiera continuar su estirpe y enlazarla con la de ella, la de los Cascas. En sus sueños todo acababa bien, los dos iban juntos al altar y hasta se daban un beso.

Si los libros contaban esa clase de historias, era porque alguien las había escrito alguna vez. Y nadie se figura nada sin haberlo visto primero, así que por qué no pensar que algo así fuera a ser cierto.

Pero aquella tarde el relato cambió. Se enturbió el ensueño cuando la Cascas llegó donde el aprendiz y se acercó a la ventana. Por el hueco entre las macetas secas, asomó la cara y vio a la tintorera.

Se preguntó qué haría ella allí, si eso no era el taller, que era una casa. Y siguió preguntándoselo al ver que entraban en el cuarto y lo que hicieron después. Primero de pie, con la luz plena, y más tarde en la cama, tras las cortinas. Que hasta ahí tuvo la Cascas tripas para quedarse. No lo podía creer y necesitaba saberlo todo. Acopiar y entender por qué ese muchacho que la miraba siempre —porque estaba segura de que solo a ella miraba— estuviera traicionándola con esa muerta de hambre.

Aquella raspa que solo tiznaba harapos. La mujer del tintorero, la que vagaba por las calles y llevaba el hedor en las manos. Que no hablaba porque demasiado tenía que callar, que bien hacía la gente en apartarse. Porque el marido era un traidor y bien merecido tenía su agujero.

El aprendiz se marchó y ella se quedó allí, tras la verja negra. Con un buen casamiento, sí, pero sin pasiones. Que, cuando la Cascas amanecía con el camisón bien planchado, aún soñaba con lo que habría pasado si el aprendiz no se hubiera ido al frente.

Pero se fue. Y años después no quedó aprendiz, ni tampoco tintorera. Aunque algo sobró y fue la Tuerta. Que bien podría haberse colgado junto a la madre.

Ahora la Cascas tiene al hermano delante y lo repasa de la coronilla al tacón. Piensa que en cada familia hay una oveja negra, y en la suya se la oyó balar desde el principio. Menos mal que el Canijo creció y se despegó de las criadas. Aunque, por entonces, eso no era asunto de la Cascas Mediana. En aquellos años ella tenía que ganarse su lugar. Destacar para dejar de ser niña y que su madre y el resto la miraran con respeto.

Culpa de eso la tuvo la Tuerta. Esa tiñosa. Que, en vez de callarse y conformarse, tuvo que asomar la cabeza. Se puso a coser para las del pueblo, y parecía que ninguna recordaba quién la había parido ni de qué familia venían esos trajes. No le bastó con bordar para la plaza ni remendar andrajos, que también le dio por poner academia.

Con la fama de los vestidos empezó a dárselas de maestra y recibía aprendices por las tardes. Allí las enseñaba, donde la Barda, en ese nido de cucarachas, rodeada de esas criaturas tan feas como comadrejas.

No tuvo suficiente con tejerse la fama, que también fue a exhibirla a la casa de los Cascas. La hija de la tintorera, con su tizne y sus labores, entrando allí para restregárselos en la cara.

La Cascas Vieja la había mandado llamar. Quería ver de primera mano si los hablares del pueblo tenían fundamento. Si eran ciertos aquellos prodigios que hacía con la tela. Así que le encargó para ella un vestido de fiesta y de paso, con un poco más de tejido, otro para la niña a partir de retales.

Cómo recuerda, la Cascas, a la hija de la tintorera, tan parecida a la madre. Entrando para cada prueba, pisando los suelos brillantes con sus zapatos de trapo. Con los figurines bajo el brazo, que colocaba encima de la mesa, donde mostraba lo que podría hacer si la señora quisiera. Esos dedos de palo pasando las hojas. Las hebras de hilván pegadas a la falda negra.

Entró allí para vender dos trajes y acabó aceptando encargos de las criadas. Para el domingo de misa. O para el jueves, la tarde de libranza. Recados baratos que ellas pudieran ir pagándole.

Salían a recibirla en cuanto cruzaba la verja. Todas la rodeaban y entraban con ella a la casa. Consiguió engañarlas con consejos y lecciones. Una estratagema para darse tono y atraerlas hacia su academia.

Daba asco y lástima verlas arrastrase. Puede verlo como si fuese ahora. Todas alabándole las puntadas. Hasta su propia madre, que aún sin remate ya le aplaudía la faena.

Y eso sí que no, se decía la Cascas. Porque, cuando la Cascas Vieja había vuelto a mirar, cuando abrió las cortinas y salió de la alcoba, solo tuvo ojos para su primer hijo, el Cascas Grande. Y la hija se conformó porque ella no era varón y una mujer siempre tiene que aguantarse. Pero si en todo ese tiempo no hubo nada para ella, tampoco habría atención para otra, y menos para la hija de la tintorera.

Ella podría coser mejor que esa tiñosa. Podría demostrarlo y que su madre lo viera. Así que se llevó los figurines al cuarto para sacar los patrones. Dos días de trabajo empleó desde que eligió el modelo. Cosiendo y probando. Y deshaciendo. Y todo para exhibir el traje. El suyo propio, hecho por ella. Con una falda de vuelo que fuera la envidia de quien la viera dar vueltas. Con tela de seda y una hechura que no tuviera competencia.

Y cuando lo acabó y entró con él puesto, lo exhibió ante la concurrencia para que contemplaran los hechos. Que la Cascas prefería su propio vestido y no el de esa tiñosa. Que la hija de una ramera no iba a tocarle a ella la tela. Y, cuando lo dijo bien alto para que todas lo oyeran, la Tuerta se revolvió y le desgarró la falda de vuelo.

Ese fue su error, se dice la Cascas, que se sonríe cuando recuerda cómo atrapó a la mosquita muerta. Esa, que si se lo piensa antes, deja las manos quietas. Porque lo que le llegó después bien que se lo buscó.

Por haber ido hasta allí. Por haberla retado. Por pasearse por su casa con esos aires, por creerse igual que ella delante de su madre. Cuando la Cascas hija vio lo que le había hecho al traje, la seda hecha andrajos y el vuelo quebrado, en lugar de abofetearla, de reprenderla o humillarla, se fue al costurero, agarró las tijeras y con ellas le rasgó la cara. Para que aprendiera.

Todavía recuerda la Cascas la mirada de la Alcuza. Cómo levantaba la cara cuando limpiaba la sangre. Y a ella manteniéndosela, porque ahí arriba estaba su lugar y porque fregando es donde se quedan las criadas.

A la Alcuza el final de sus días le llegaría en ese suelo. Frotando lo que le había brotado a la Tuerta del cuerpo. Esa herencia vergonzosa que le marchaba por las venas. La de la peste de la madre. Pues la sangre, cuando se seca, también se vuelve negra.

La Tuerta dejó de coser para convertirse en lo que es ahora. Una araña de luto. Que no enhebra hilo, porque no tiene ni tela. Y la Cascas no se arrepiente, ni pizca de culpa nota, porque, si Dios lo quiso, si guio su mano hasta la cuenca, quién era ella para oponerse.

Desde entonces, la señora se desplaza con distancia. Su propia verja rodeándola. Que las criadas saben apartarse. Para hacerse respetar no valen las confianzas, porque en ese mundo no todos son iguales. Los de alta cuna no se mezclan con los que roen la madera.

Pero su hermano está de suerte. En otras condiciones la Cascas no haría nada. No movería un dedo por él. Pero ese asunto viene ya dispuesto. No tiene ni que pensarse. Ella ya sabe qué hacer y cómo hacerlo. Si su hermano levanta el taller, podrá contar con los tintoreros que quiera.

El plan de la Cascas está tan claro como el cielo de verano. Sabe bien cómo obtener esos papeles y utilizarlos en su provecho. Que lo que tiene pensado es algo mejor que lo que ha calculado el hermano, mucho más sencillo que ir detrás de una criada mugrienta, que a esa la Cascas ya la habría puesto de patitas en la calle. Pero no está de más tenerla cerca. Conservar a la Molienda para saber lo que se cuenta por fuera de la verja negra.

Y en cuanto al hermano, por muy miserable que sea, es un Cascas y es de su sangre. Que lo mismo hasta hace algo de provecho. Si quiere el taller, eso tendrá. No será ella la que le frene las riendas.

Si esa es su voluntad, que así sea.

XVI

El invierno se marcha y, con el rosa de los almendros, algo le florece a la Tuerta en el pecho. Hace mucho que no siente la savia correr por las venas. Y el murmullo de voces que le recuerdan que aún no está muerta.

Cada mañana se levanta antes. Lo deja todo listo para atender al enfermo. Como si el desayuno fuera la misa y ella dispusiera el ritual sobre la mesa.

Mientras están juntos en la cocina, la Tuerta nota cómo el hombre la observa y se fija en sus quehaceres. Y, aunque al principio creyó que era para saber dónde están las cosas, para tomarla como modelo en todo lo que aprende, ahora sabe que no. Que hay otra fuerza que les atrae aparte de la que les tira desde el suelo. Lo sabe. Porque, cuando ella se da cuenta y se vuelve, el paracaidista no desvía la vista. La mantiene.

A veces se acerca a él sin mediar palabra. Porque el enfermo tampoco las encuentra. Si no sabe aún juntar pensamientos, cómo va a extraerlos. Su mente es igual que la mano agarrando la cuchara.

Sería absurdo hablarle. Por eso ella no quiere preguntar. Prefiere mantenerse ahí, observándole. Sin esperar respuesta a lo que le araña. Todo para evitar decirle, ¿no me ves? Estoy aquí y aquí he estado siempre. Antes de que tú cayeras, ya estaba yo cayendo. Llevo años aquí metida y no veo el fondo del agujero.

La Tuerta también habría deseado un paracaídas que le aliviara la caída, una tela que le mitigara el descenso y le dejara tiempo para pensar.

Solo conserva la promesa del deseo. Que es otra culpa echada a la espalda. Se pregunta si en algún momento le podrá transmitir lo que se marea en sus adentros. La mayor parte del día puede mantenerlo a raya, en silencio. Como a un niño al que se le tapa la boca cuando va a empezar a llorar. Pero la Tuerta sabe que aquello permanece ahí, muy quieto, bajo tierra. Creciendo como un tubérculo. A la espera de la luz.

Cómo saber qué parte de lo de dentro está llegando afuera; encontrar el camino; construir un túnel secreto; sacar aquello al exterior sin que nadie más lo vea. Dónde esconder la tierra. Hacer que sobreviva, que le dé la luz, sin que los demás, ellos, el resto, los que miran y cuchichean, sepan que se ha abierto un hueco y que ya está todo fuera.

Porque los otros tienen dos ojos y los mueven. Y observan. Y, si la Tuerta arañara el suelo para ver el color de su secreto, la tierra lo arruinaría todo. Tal vez no enseguida, nada más entrar por la puerta, pero sí al cabo del día, cuando él bajara la escalera y ella pusiera la cena en la mesa. La tierra estaría bajo las uñas al agarrar la silla para sentarse, al entrecruzar los dedos, al engullir los alimentos. Porque la tierra no hay dónde esconderla. Y, aunque se la cambie de sitio, jamás desaparece.

XVII

La Molienda no entiende cómo el Cascas Canijo ha conseguido los papeles. Pero sabe que así ha sido.

Los ha visto con sus propios ojos. Unas hojas de libreta, llenas de rayas, con garabatos escritos a mano y dibujos en las esquinas. Como la Molienda no sabe leer, no ha sabido explicarle a la Barda lo que decían, pero sí ha alcanzado a ver los caracoles dibujados y los esquemas llenos de letras.

Eran los papeles del tintorero. Tenían toda la pinta. Porque el Cascas Canijo aquella mañana estaba pletórico. Más feliz que nunca. Y entre él y la hermana hasta se enviaban sonrisas de esas, de las de contar cosas sin decirse. De esos gestos que notan las criadas mientras friegan, con el ojo en la baldosa y el oído un metro por encima.

Era bien temprano cuando el Cascas salió para el cortijo. Llevaba los papeles en un cartapacio. No se separa de ellos, que la Molienda lo ha visto. Y hasta come y cena con la carpeta al lado. Dice que para estudiarlos. Aunque cada vez que se sienta con las libretas, la Molienda ve cómo la Alcuza menea la cabeza.

Piensa la Barda que eso no puede ser. No se lo cree porque no es posible que suceda. Que la Tuerta no le ha dado esos papeles, se dice, que preferiría el infierno quemándole los pies. Lo habla para sí misma al principio. Porque no quiere perturbar a la Molienda, que bastante tiene con volver allí. Pero al final lo acaba admitiendo y la muchacha dice que sí, que tampoco puede creerlo.

Antes se muere la Tuerta que darle nada a los Cascas, continúa la Barda. Y, aunque ahí se detiene, entre tía y sobrina se miran. Y comprenden. Porque ninguna se figura cómo puede ser ni qué habrán hecho para conseguir los saberes del tintorero.

Está tan gozoso el Cascas con la inauguración del cortijo que hasta ha planeado hacer fiesta. Cuenta la Molienda que se lo escuchó el día anterior durante la cena. Acudirán las familias ricas de los aledaños y hasta el pueblo estará invitado. A dos alturas, por supuesto. Que la Cascas Mediana ya está enviando invitaciones y va dando órdenes en cada pasillo. Han sacado el mantel de postín para prepararlo y, como faltan servilletas, ha ordenado coserlas. Al convite acudirá un cuarteto de cuerda y hasta matarán un cerdo. Como si no tuvieran todas suficiente faena.

Y sigue contando la Molienda. Dice que también habrá champán y canapés y cosas finas de ultramar. Delicias traídas de bien lejos. Como los caracoles que llegaron con el tren. Esos que hay que aprender a cuidar porque dentro de poco llegarán más.

A la Barda se le van a gastar las muelas de tanto apretar la quijada. Matanza con champán. Qué ideas. Ni untándose con oro los Cascas sabrían disfrazarse de elegancia. Y darse tanto tono con un entierro tan reciente es señal de desatino. O no. Porque con excusas de sombras y maldiciones ya han enterrado el asunto del hermano grande. Que todo el mundo sabe que se reventó la cabeza, pero nadie conoce el motivo. Y a ellos, con mandar que un santo les limpie la casa les ha bastado y ya no buscan más. Y ahí están, montando fiestas con las que se comerán la herencia.

Si no supiera ella que la Cascas Mediana está detrás del evento, a la Barda le habría sorprendido tanto derroche. Pero sabe que hay algo más que los anima. Y, aunque no alcanza a adivinarlo, se figura que tiene relación con la Tuerta.

Que ya podía ignorarla después de desgraciarla. De dejarla así, en ese estado, acabada y medio ciega. Que no fue solo el honor, porque la Cascas con esas tijeras le cortó de un tajo el sustento. Y las ganas de brillar.

La Barda la recuerda agarrada de su mano. No me sueltes, le decía, con el ojo perdido y la frente ardiendo. Solo eso murmuraba. Pero la Barda sabía la verdad, lo que sus labios en realidad estaban diciendo, y que era estoy tan sola que me muero, no me dejes aquí, sin porvenir y con la esperanza rajada.

Cómo borrarle el sendero a quien ya lo tiene lleno de piedras. Después de aquello, se volvió negra la mitad de la vida de la Tuerta. Lo que le quedaba por andar. Es por eso que la Barda no cree una palabra. Y sabe que malas artes han debido de urdir esa familia para conseguir los cuadernos.

No va a ir a la Tuerta a preguntarle. La ponzoña de las bocas le aclararán pronto el enigma.

*

Chico sabe que su madre guarda la cuerda en el bajo del armario. En ese cajón, donde se oculta lo de antes de la guerra.

Cuando el escondrijo se abre es porque la Tuerta quiere recordar cómo era antes el mundo. Tocar cada objeto. Mirarlo con los dedos y palpar lo poco que se ha conservado del naufragio.

Apenas llega luz a la esquina de la alcoba, pero la Tuerta distingue a tientas lo que guarda. Como el bastidor, donde bordaba de niña, o la muñeca de cartón. O aquella sortija, que antes era de la tintorera, porque con ella se le declaró su padre. El anillo que jamás se empeñó ni cuando a punto estuvieron de morirse de hambre. No iban a arriesgarse a perderlo. A que acabara en manos de los asesinos del padre. Los Cascas eran los únicos que podían permitirse comprarlo y antes tragarse el anillo a que acabara en su joyero.

Cada vez que la Tuerta saca todo del cajón, al fondo se queda la cuerda. Cuando la ve asomar, Chico mira para otro lado. Porque sabe lo que representa y lo que estuvo a punto de costarles.

Él hace tiempo que le habría prendido fuego. Pero piensa que eso solo perturbaría a la madre, que, si un día abre y no la palpa, el remedio sería peor. Mejor dejarla mansa y que la soga no gane ventaja.

Chico sabe que, si quisiera, la Tuerta encontraría otros modos de hacerlo. Y, aunque tema a aquella cuerda como si tuviera a la misma sombra delante, sabe que marca un único sendero. Que solo basta con mantener a la Tuerta alejada de él.

Chico no sabe cómo contar, cómo plantear lo que ha de decirle a la madre. Es preciso hablar, aunque no tengan costumbre. Le aterra cualquier intento, pero necesita que ella conozca. Protegerla de lo que le llegará, porque es ya la comidilla de todas las calles. Que, aunque la casa esté en las afueras, no se ocultará el sol sin que le pase la noticia por la puerta. Porque hasta los faroles ya saben que los Cascas se han hecho con las libretas del abuelo.

Estaban ahí, en el cajón de antes de la guerra. Pero ya no. Que Chico lo ha comprobado. Y eso solo demuestra que son ciertos los rumores. Que ha sido el padre, el hijo del hortelano, el que le ha vendido al Cascas Canijo los cuadernos del tintorero.

Si hubiera sido otro hijo y otro padre, Chico se habría preguntado cómo habría podido. Y hasta habría ido a buscarle. A acusarle y pedirle explicaciones. Pero ni se esfuerza en pensarlo. Porque sabe que es muy posible y que el reto no tiene sentido.

Solo una cosa ocupa su pensamiento y es la de acolchar el suelo. Adelantarse al dolor que va a ocurrir y presentir por dónde se derramará, en qué lugar será la caída para aliviarla.

Entra en la casa y la busca. La llama por las paredes, esas que la protegen de lo de fuera. En su propio ataúd de pared desconchada se guarda la Tuerta de tanto veneno.

Y, al fin, se topa con ella, con la mirada que le ha marcado la vida. La que, incluso a oscuras, le guía el camino y en ocasiones le atraviesa, le sigue traspasando, porque sabe que algo ocurre, y se detiene, y le perfora, y le dice qué tienes. Dime. Qué. Qué es lo que ha pasado.

XVIII

Si la Tuerta pudiera agarrar la piel de un oso y hacer-
la tiras. Si lograra arrancar los tablones del establo.
Si supiera hacer añicos los cristales y que estallaran
rajando piernas, rodillas y bocas abiertas.

Si Dios fuera justo, si le permitiera matar a alguien con sus propias manos, la Tuerta lo habría
pedido. No habría dudado en exprimirle el cuello
hasta tocarse los dedos.

Solo pudo arrancar la ropa del armario. Quitar de
las perchas el hatillo del marido, tirarlo a las llamas
y verlo arder. Encantar con su único ojo la hoguera
y alimentarla de ira.

Era amarga la traición del hijo del hortelano. Lo
había hecho a sus espaldas. Sabía dónde buscar y halló el momento adecuado. Cuándo acordó el trato ese
gañán. De quién habría sido la idea de proponérselo,
que seguro que con tres duros lo habían contentado y
él habría tirado después para la taberna a gastárselo.

Maldice la Tuerta el día en que se entregó a su
aliento, que cruzó el umbral de aquella puerta ale-

jada de todo, esa trampa en la que se ha convertido su existencia.

Nunca tuvo poder alguno porque una mujer pocas cosas maneja. Ni los cuadernos del padre, su única herencia, como tampoco su sangre. Pues desde que las criaturas salen, la carne forma ya parte de otro ser.

Los hijos. El único color en medio de ese páramo. Que aunque tuvieran el camino marcado, la Tuerta se resistía a que lo supieran. Mejor criar hijos fuertes, que no se quebraran con el viento. Dos troncos recios, el revés del padre, ese hombre de espíritu tosco. Aquel bandido que trataba a los hijos como si criara animales.

En él solo había embistes. Y a los dos se los engendró así, vencida en el crujido, sin resistencia, con aquel mastodonte ebrio entre las piernas. Cada noche que pasaba, la Tuerta se elevaba hacia el cielo. Huía junto a su madre.

Daba igual aquel dolor, el del final y el del principio, porque los hijos eran suyos. De su propia harina estaban hechos. Fue gracias a ella que pudieron brotar. Ella, que amasó y los esperó mientras su vientre les daba movimiento. Cada uno, un tesoro que nadie veía porque, si a la Tuerta le quedó algo, lo usó para alumbrarlos. Para sacarlos al exterior y que le treparan hasta el pecho.

Piensa la Tuerta que no era esa su idea. Que los dos ya han visto demasiado. Y, a pesar de que la niña muda aún juega, sabe que el horror le ha paralizado el verbo y que el Chico huye hacia la ladera porque necesita estar lejos del padre.

Aunque ella no es el mejor ejemplo. Sabe que a ojos de su hijo siempre ha estado perdida, metida en esa jaula. Sabe que no le hace bien que la vean así, pero qué recurso tiene. Qué es lo que queda cuando una no puede alzarse. Porque al final siempre se topará con el puño de esa familia.

Ese infeliz ni ha aparecido por la casa. Mejor así, se dice la Tuerta, porque si hubiera cruzado el umbral, no habría respondido de sí misma. Si aparece se monta una desgracia. Y puede que fuera el marido lo que estuviera ardiendo en ese momento en la chimenea.

Su ausencia era lo único que le agradecía la Tuerta. Le dejaba espacio para lamerse la herida, que aquella noche sangraba tanto que no merecía la pena coserla.

Desde la alcoba, bajó hasta la cocina con el daño goteando. Y al dejar atrás la escalera y atravesar el salón a tientas, que para la Tuerta era casi igual que por el día, soltó un reguero de estrellas negras. La Tuerta lo dejó ahí, olvidado, porque tampoco habría sabido cómo limpiarlo. Abandonó el rastro salpicado de pena.

Puede que fuera eso lo que guió al paracaidista en la madrugada. Lo que le hizo salir del cuarto, agarrarse a la barandilla y llegarse hasta donde estaba ella. Puede que fuera el sonido de la rabia. O el olor a tristeza.

Al oír las pisadas, la Tuerta se incorporó del llanto. Y entrevió al hombre que una vez estuvo herido. Ese cuerpo borrado, en el que cada día descubría algo nuevo.

Ya no había límites para la Tuerta, que se fue hacia él, empujada hacia la intriga. Con el alma hecha trizas, como aquel paracaídas. Y él le apartó un mechón y besó el párpado que le ocultaba la cuenca. Rozó después el inicio del pecho. Sin una palabra. Que era el lenguaje de esa casa.

Luego ese acto en persistencia. El placer oblicuo que la partía por la mitad, que le habría llevado a gritar y rogar a Dios, o a quien fuera que escuchara, que se apiadara de ella. Morir en ese instante. Aquella iridiscencia por tantos años de cenizas.

Pero el fulgor acabó. Y cuando la Tuerta movió los brazos y se apoyó para bajar al suelo, por primera vez no sintió vergüenza. No cerró las piernas para calmar el dolor, porque no lo sentía. No le hizo falta huir a hurtadillas. Así se quedó ante él, contemplando el brillo de su amante con su único ojo. Escuchándose en silencio y diciéndose que lo que acababa de ocurrir no era malo.

Y entre la bruma de la ceguera le entrevió algo diferente.

El hombre la miró con desconcierto. Y ella, al notarlo, se abrazó a sus huesos. Apretó para que dejara de sentir, para cobijarle como a uno de sus hijos cuando acababan de salirle del cuerpo. Como si estuviera perdido y la Tuerta pudiera rescatarle con su madeja de hilo. Porque algo había cambiado. Algo dentro de ella le había mostrado el abismo.

LA LUNA

XIX

Las criadas de los Cascas se buscan en las esquinas. La planta baja con tanta tarea, y ellas venga a darle a la rueca de la lengua. A hilar la retahíla. No atienden a los quehaceres con tal de despistarse. Y es que hay mucha hebra aquella tarde.

La Alcuza sabe que así son las cosas. Que todas salen a la vez, como los chorros de una fuente. Una sobreviene tras la siguiente y cae cuando la anterior aún no se ha disipado. Y así se acumulan los chismes, atascando cada uno de los caños.

Pero siempre hay un decir que protagoniza el revuelo. Y esa mañana fue el de la Tuerta, que iba de boca en boca, de mil y una maneras. Por los pasillos deslizaban las criadas el chismorreo con un relato distinto a cada paso. Un abanico de versiones que coincidían en lo esencial, en esa verdad, que anunciaba que la Tuerta había salido de casa. Resucitada años después, cuando nadie la esperaba, se había paseado por el pueblo. Y aquello era digno de ver, porque era todo un acontecimiento.

—¿Tú la viste? ¡Habla, mujer!

—No. Yo no salí ayer.

—¡Pues a mí me lo contaron!

—Entonces, cuenta. ¿Qué dicen las lenguas?

—Que la vieron marchar bien dispuesta. Y que era un espectáculo.

—¿Por qué?

—Porque iba de blanco.

—¿Alivio de luto? No puede ser.

—Es. Que a mí me lo han dicho en el mercado.

—¿Quién?

—La hija de la frutera.

—Dicen que iba con un vestido de seda.

—¡De seda!

—Como si se casara en la iglesia.

—Jesús. Qué indecencia.

—Tú calla, anda.

—¿Qué más?

—Nada que yo sepa.

—Pues yo no lo puedo creer.

—Ah, ¿no? ¿Y eso por qué?

—Porque no tiene posibles para eso la Tuerta.

—Ea. Menudo dispendio.

—Entonces, ¿la tela de dónde ha salido?

—Eso. ¿De dónde habrá sacado las perras?

—Pues de dónde va a ser. Del marido.

—¡De los cuadernos que le vendió al señorito!

—¿Tú crees?

—Otra cosa no puede ser.

—Nada de eso.

—¿No?

—Qué va, mujer.

—Entonces, ¿qué?

—Que ahí poco acuerdo ha habido.

—¿Y tú cómo lo sabes?

—Porque él duerme en la pensión de la taberna. En el piso de arriba.

—Pues poco durará allí. Porque con bajar la escalera…

—Cabal. Que ahí se gastará todas las perras.

—Ya. A barril diario…

—No sé, no sé.

—Dicen que iba bien guapa la Tuerta.

—¡Cuenta, cuenta!

—Las mejillas con color y una falda con fruncido.

—¿Y qué más?

—Una flor.

—¿En el pelo?

—En el cinturón. Que seguro que la sacó de los restos del vestido.

—Seguro que era para verla.

—Con esas manos que tenía para la tela…

Si la señora hubiera visto de qué manera acaparaba la Tuerta el discurso, habría azotado el suelo. Su nombre viajaba por las baldosas, que devolvían el reflejo a cada rincón donde se susurraba el suceso.

Muchas todavía recordaban los años buenos de la Tuerta, cuando se llegaba con los figurines a la casa de la verja negra y llevaba el pelo enredado en una trenza. Eran las mismas que le encargaron vestidos. Que la alabaron, pero que después callaron. Que todavía lo lamentan.

Las criadas seguían hablando y la Alcuza las dejaba hacer, porque por dentro se relamía con la charla. No solo le servían para figurarse la estampa, sino para llevarla al pasado. Al reflejo de la madre, la tintorera, que, aunque cubierta de negro, también tuvo valor para pasearse, en latido pleno, porque a nadie escondía su nueva vida junto al aprendiz.

Pena que en esos años se disipara tan rápido el polen en el viento. Que el Cascas Viejo tomara nota y sepultara aquello. Porque nadie sabe, pero ella sí, porque lo calla y lo conserva, del origen de sus tormentos. De los días en los que seguía a la Cascas niña por la huerta. Iba para ver dónde paraba y, cuando la encontró en la casa del aprendiz, agachada, espiándole por detrás de las plantas secas, supo que había que cortar eso.

Había que ganarse a los amos y su confianza. No estaban para aguas turbias las lealtades. Así que acudió a la Cascas Vieja, a la madre, a contarle la aventura de la chiquilla.

Y no tardó en llegar la solución. Porque el aprendiz despareció, que bien que se le quitó de en medio. La Alcuza lo recuerda como si sucediera ahora. Que fue del Cascas Viejo la idea, porque lo mandó a la guerra.

O se iba al frente a cavar trincheras o se acabó la tintorera. Que no le temblaría la mano. Y el aprendiz acató. Por lealtad al maestro y —supone la Alcuza— por su corazón. Así que por esos mundos se perdió su rastro y con esa medida el Cascas Viejo barrió dos motas de un plumazo. Ponía fin al taller de teñido, que sin ayuda no duraría mucho, y se concluía lo de la Cascas niña. Que qué era eso de ir merodeando como una perra en celo. Y más con ese muerto de hambre. Mejor quitarle el capricho de la vista. No arriesgarse.

Así que, cuando el Cascas Grande se enroló en su regimiento, se llevó al aprendiz. Con orden de no perderlo de vista. Pues, si la guerra no se encargaba, ya sabía el Cascas su misión. Y después no hubo noticia. Porque el señorito regresó, pero del aprendiz nunca se volvió a saber.

De ahí la pena. Que muchos creen que la tintorera se mató por el amante. Pero la Alcuza sabe que eso solo fue el remate de la montaña de desgracias. Que la tintorera era pobre pero no necia, y siempre supo que al aprendiz se lo llevaron para que no volviera.

A veces se sienta la Alcuza en la mecedora. Junto a la lumbre, se acuna y reaviva la vida. De atrás hacia adelante la rememora. Y mientras la trae y la mira, se rescata a sí misma.

Se mece en el silencio la Alcuza. Se balancea y se figura que nunca siguió a la niña por la huerta. Que no le copió los pasos para ir a relatarlos después. Que calló y no delató, porque eso le dice que el mal nunca habitó en ella, cuando se miente y se dice que se perdona.

XX

Pintaba la Tuerta con cal las paredes del patio porque hacía años que no se cubrían.

A cada brochazo, la Tuerta tapaba el dolor, escondía los estratos de vida y allí donde lo sucio llevaba tanto agarrando, ya solo se veía blanco.

El Chico había ayudado con la tarea. A mezclar el agua en el cubo y a subirse a la escalera para sanear las paredes. A todo lo que quería evitarle a la madre. Porque lo más duro, lo de verdad, no habría podido quitárselo.

El hijo no sabe, pero puede intuir, que la madre se ha cubierto con su propia mano de cal. Que desde hace días no pende de un hilo, sino que se apoya en los pies y que el silencio se rompe de modo distinto.

Con pisadas de alegría recorre la Tuerta el patio. Y hasta se diría que el brillo le ha regresado a los labios. Y que quisiera usarlos. En el cielo de su casa aletean más alto las palabras y forman casi una bandada.

El paracaidista ayudaba en el trabajo. Sin palabras ni escalera llenaba el bajo de la pared con una nueva época.

La niña muda había esperado hasta que hubo un sitio para pisar, pues bien sabía ella guardarse de lo que quemaba. Se había mantenido al margen hasta que decidió ocupar una de las esquinas y, con una caliza que sacó del bolsillo, dibujó un pasatiempo en el cemento. Se dedicó después a jugarlo. A señalar la casilla que había de evitar y a dar saltitos por encima. Como si también quisiera emprender el vuelo.

En cada tirada marcaba un recuadro que sortear. Cada vez señalaba uno distinto que en su jugada se volvía mágico y maligno. Y así se entretuvo la niña muda la mañana que quedaba. Sintiéndose cerca pero lo bastante lejos del escenario.

La Tuerta ya estaba de recogida cuando se fijó en el juego. En lo que a su hija le servía de marcador. Aquel botón blanco, como de nácar, con iniciales de fábrica.

Tuvo que acercarse para cogerlo y comprobar que era verdad que las letras estaban por debajo. Y cuando lo tuvo y confirmó que era ese botón, se dirigió a la hija.

—¿De dónde lo has sacado?

La niña muda la mira. Se aturde y no protesta. Porque no entiende lo que significa ni por qué la madre se enfada. No sabe que ese botón transporta a la Tuerta hacia el pasado. Hasta la capa de veneno que acaba de ocultar pero que sigue escondida en la pared. La lleva al eco del tintorero, a la bata gris que pertenecía al padre y que usaba para protegerse las ropas. Esa cuyos bolsillos llenaba de caracoles.

Un día igual que el resto, el tintorero perdió un botón y nadie pudo encontrarlo. Y por más que buscaron, en la casa y en el suelo del taller, jamás apareció.

Había que cerrar la bata con algo, así que la hija buscó un sustituto del botón extraviado. Cosió en su lugar un botón negro. Tres blancos, nacarados, y uno distinto en el hueco del perdido, que habría querido ver mundo, dijo el tintorero.

No sabe la niña muda, no puede figurarse, de qué modo ese botón que le marca ahora el juego despierta los fantasmas de la madre. Se pregunta la Tuerta cómo ha aparecido ahí el botón viajero, por qué su hija lo conserva al cabo de los años.

No sabe la niña muda que, cuando la Barda le curaba la cara, la Tuerta solo pensaba en el botón blanco. Ese botón perdido, que lo estaría ya para siempre. Porque si hasta entonces no había aparecido, cuando había posibilidades, medio ciega ya nunca podría encontrarlo. Como tampoco enhebraría ya la aguja para pegarlo a la bata, porque ni había padre que se la pusiera, ni le quedaba vista para hacerlo. El hilo se había cortado.

Por eso se dice la Tuerta que no es posible. Y va al cajón de la alcoba a comprobar y a tocar la bata del padre, lo único que le dieron. Lo que le quedó de él cuando los días amargos. La saca y la repasa por los bordes. El último botón, el negro, y los otros tres de nácar, duermen dentro de los ojales. Doblada y planchada sigue la prenda, como si aún esperara al tintorero.

De dónde ha sacado la niña ese botón que le descose los planes. Cómo lo ha recuperado. Si su hija nunca se ha acercado al cortijo. Que lo mismo el tintorero lo perdió por el camino, en alguno de sus trayectos, pero ya sería casualidad que la niña muda lo hubiera encontrado.

No hay modo de comprenderlo, y, a pesar de ello, la Tuerta suelta la tela. Y cuando la guarda descubre una nueva ausencia. Otro hueco.

La Tuerta relame el cajón con los dedos. Incide en las esquinas, pero su instinto no lo encuentra. Y, de pronto, sospecha. Piensa en la hija, que se lo calla todo, que sabe mucho más de lo que habla. Así que sale al patio y la agarra del brazo. Y le grita. Le exige una respuesta.

—¿Dónde está la sortija? —pregunta—. ¿Dónde la tienes? ¡El anillo de la abuela!

La niña calla y la observa. Con la barbilla hundida y los ojos bien altos, que no son ojos de culpable sino mirada de inocencia.

La Tuerta insiste porque detecta que la niña conoce. Que no dice pero que podría explicar muchos detalles.

Y la niña estira un brazo. Lo tensa y lo eleva. Pequeño apéndice desplegado que marca el lugar y el desconcierto. Pues, cuando la Tuerta insiste y la zarandea y que me lo digas, le dice, habla, maldita sea, la hija no se inquieta.

Levanta el dedo. Y con él señala la tierra.

*

La niña muda no puede explicar a la madre. No sabe cómo hacer. No adivina cómo contarle todo lo que ve y lo que presiente.

Cómo relatar lo que llega por debajo de la cama, lo que le dice el fuego, o lo que sabe de las gentes. Lo que nota cuando toca la cabeza del hermano y siente a la Molienda en el pecho.

Jamás podría confesar que tiene miedo de acercarse a la Barda porque huele a desgracia. Como la ropa que queda del padre, porque aún hay una camisa en el armario y la Tuerta todavía no lo sabe.

La niña muda tampoco puede contarle a su madre que bajo su cama apareció un caracol. Que desde hace dos días lo guarda en la caja y que, cuando nadie mira, lo saca al sol y le echa un poco de agua. Cuando las gotas le caen, la babosa se estira, que la niña diría que crece, y eso le hace tan feliz que a veces hasta sonríe. Que se lanzaría a hablar si recordara cómo se hace.

Lo que no sabe es de dónde viene. Porque no reconoce el sitio. Que lo mismo le pasó con el botón. Viene de otra parte que ella nunca ha visto y que le es tan extraña que, si quisiera describirle a la madre, no sabría qué contar.

Menos lo de la sortija. Eso sí que lo sabe. Dónde ha ido a parar después de ponerla debajo de la cama. Pero entiende que la Tuerta no debe enterarse porque ocurriría una desgracia.

El anillo esta ahora junto a la tapia. La de fuera del cementerio, pero más abajo. Donde nadie llega a mirarlo. Sabe que su madre no va a recuperarlo. No puede. Porque alguien ya intentó excavar ahí y no le fue bien. Acabó enterrada a su lado.

Tendría que escarbar en lo prohibido la Tuerta para alcanzar la sortija. Quitar a puñados la tierra y abrirse paso hasta encontrar lo que hay por debajo. Llegar hasta el abrigo de tela de paño, ese que abraza el esqueleto, que le protegió del frío mientras lo de dentro temblaba de miedo.

El amor de esos huesos que pensaban en la hija, en lo que la echarían de menos, y que aún se consuelan con que le queda un buen talento. Que su hija hace magia con las manos y casi nadie tiene eso. La criatura sobrevivirá con ese negocio que prospera. Le dará posibles, porque esa locura no durará mucho tiempo.

Esos huesos que vieron llegar el fogonazo. Que se quebraron en la caída antes de caer al agujero. Y la tierra humeando, malherida, llena de otros huesos, en ese lecho de campo.

Ese esqueleto que espera, cobijado. Descascarillado en su escondrijo cubierto de hierba. Porque el tiempo del muerto es el mismo todo el rato. Y no desespera. Y en su propio círculo no hace más que dar vueltas. Añora esa calavera lo que queda, lo que se vivirá por arriba sin su compañía, que por fuera, por el aire, caminan despacio las cosas, avanzando como la espiral de un caracol.

Todo eso le diría la niña muda a la madre. Todo eso hablaría si supiera cómo decirle, cómo contarle lo que encontraría si le dejaran abrir el suelo. Si algún día lo consiguiera. Si llegara hasta el abrigo y hurgara en el bolsillo, que es donde ahora descansa, donde alguien encontrará algún día, la sortija de la abuela.

Alguien, dentro de mucho. Alguien que no será la Tuerta.

XXI

La guirnalda del porche le dice al Cascas que se halla en la línea de salida. Como si el aleteo de los papelillos le marcara el inicio de una gran carrera.

Hace semanas que solo piensa en los colores. En el espectro que podría conseguirse si ampliara el negocio. Si la fábrica avanzara, dispondría de un arcoíris entero.

De distintas tonalidades pinta el futuro el Cascas. El azul de lapislázuli se sumaría a la gualda. Teñiría la esperanza de carmín, pues bienvenido sea también el encarnado, que a saber cómo se obtiene, pero sería cosa de investigarlo.

Bien es cierto que el púrpura antiguo es de donde se sacan más dineros. Que por eso el tintorero se dedicaba a trabajarlo. No era tarea sencilla y de ahí que fuera costoso. Y sabe el señorito que por ese lado debe comenzar. Que el color de la riqueza le servirá para hacer fortuna.

Bajo la ristra de bombillas se siente el Cascas el galán del palomar. Con el banquete dispuesto, listo para descorchar envidias, pasa revista al cortijo. Los vinos de la tierra, el marisco de la costa, el caviar y el champán, los lujos y el postín. El porche del taller engalanado para que hablen de uno —maravillas o iras, tanto da—, pues ha sido grande el dispendio. Uno que él no costea.

El Cascas Grande le ha dejado al Cascas Canijo justo lo que esperaba. Nada. No hubo sorpresas al descubrir que le legaba la hacienda a la hermana.

Cuando el notario informó del testamento, el Canijo no hizo ni una mueca al oírlo. Qué más le daba, si ya le había robado a manos llenas. Que, cuando el fajo del bolsillo le iba menguando, bastaba con birlar más del despacho y echarle la culpa a los criados. Ya se cobró durante años el señorito su parte, la que le correspondía, para gastarse el dinero en sus vicios.

Pero eso la hermana no lo sabe. Que, a pesar de guardarse la herencia, se ha portado bien. Le ha prestado para la inversión, para las obras y el convite, que, aunque no sea para ella, bien ha de lucirse.

Seguro que sabe la Cascas Mediana que, si el negocio funcionara, algún brillo podría reflejarle. Puede que por eso haya firmado ahí donde debía, cubriendo el gasto y sin reparar en el resultado de la cuenta.

Supone el señorito que atraer lo más granado de la comarca es otro aliciente. Porque a la niña heredera hay que casarla. Y durante varias semanas se han escuchado preparativos de arreglos, adornos y riñas sobre a quién sentar al lado de quién y con qué distancia.

El cheque de la hermana ha cubierto toda la verbena porque ella también sacará provecho. Sabe el Canijo que no hay gentilezas sin beneficio, pero a él le da igual. Él bastante tiene con las obras y los diseños, y contratar al personal, a la cuadrilla y a los tintoreros. Que lean y aprendan lo que él no ha logrado sacar de esos papeles.

Da gracias el señorito de tener posibles, de haber encontrado a unos que le hagan de oficiales. Dos hermanos que se apearon en el tren, llegados de otra provincia. Atraídos por sueldo y las comodidades que el Cascas les ofrecía.

Ya en el mismo apeadero le aseguraron que sabían de tintes. Que debía dejarlo en sus manos si no quería desgraciar la mercancía. Los dos aspirantes que, cuando entraron en el cortijo y repasaron los papeles, dijeron que esa técnica era antigua.

Había que mutilar a los caracoles vivos. Sacarles la esencia y dejarlos pudrir para que soltaran la peste en la vasija. Pero había que saber hacerlo. Estudiar los ensayos y seguir paso a paso lo que decían las libretas del tintorero que, aseguraban, era un maestro en la materia.

Sacarían de ahí todo el saber. Se lo aseguraron. Que lo estudiarían y el trabajo rentaría. Que era cosa hecha y que les dejara resolverlo, pues requería su tiempo.

Por un momento temió el señorito que le estuvieran estafando y que aún debiera echar mano de la Tuerta. Esa que, según comentaban, había pegado tanto cambio y ahora hasta relucía por el pueblo como si llevara un novio del brazo.

El día que supo del desfile de la Tuerta por la plaza, la Cascas Mediana dobló la cara. Fue como si le hablaran de un espectro. Como si una muerta hubiera resucitado y ahora la vigilara tras los barrotes de la verja negra. A lo mejor por eso se había gastado los dineros. Para demostrar quién tenía el lujo por derecho. Que a él tanto le da, que solo le interesa el negocio y que el trabajo salga adelante con los dos hermanos que dicen ser tintoreros.

Desde que llegaron, llevan instalados en la zona del taller, la parte del cortijo que es habitable. Es ahí donde tienen dispuestos los artilugios. Juegan con los materiales, el lavadero y los caracoles de las vasijas a la espera de que llegue la sabiduría. El Cascas aguarda inquieto. Y, mientras se frota las manos, se dice que no debe ir a asomarse a cada momento.

Es por eso que el Cascas Canijo ha librado aquel día. Que de tanto ansiar se merece un descanso. Semanas lleva el Cascas levantándose con el gallo. Que en su nueva vida no hay lugar para remoloneos, como era costumbre hacía unos meses. Cuando cambiaba de pueblo en busca de sábanas discretas donde amanecer ebrio, sin que nadie le atara ni comentara.

Pero eso era antes. Que el Cascas piensa reformarse y hacer uso de su derecho, con la corona lista para proclamarse. El Cascas Canijo, que ahora solo es el Cascas, porque ya no hay ninguno más para ese puesto.

Y con ese pensamiento se echa el vino en el gaznate y admira la espesura que sale del portón. El calor de los olivares. Aquel ejército de copas en formación que le agrandan los sueños. Y él, su general, dueño y señor de todo lo que pisa y se extiende bajo sus pies, que pronto será riqueza, pues esa fiesta lo sella con lacre.

Y entonces el señorito, amo de los montes, entre risas y reencuentros, se fijará en la cofia blanca. En la muchacha que sirve y aletea entre las pamelas.

No se le ha despistado al Cascas la Molienda. Ya se fijó en ella cuando la llamó al despacho, y la sentó, y le encargó lo de la Tuerta. Tanto es así, que a veces le mira el pecho cuando friega. Le advierte la tersura junto a la cuerda del tendedero y también a lo lejos, que todavía se ve firme la muchacha cuando la ve bajar por el camino del río. Acopia ensoñaciones el Cascas para usarlas bajo la sábana. Porque la Molienda ya es toda una mujer y solo haría falta adornarla para que pareciera de la realeza.

Aunque bien entiende el señorito que eso solo son cuentos que él se cuenta, que le alivian por las noches y que por la mañana se deshilachan. Que todo es por la soledad de la cama, pues sabe que con esa fregona él no llegará a mayores. Pero la huele con la mirada, olfatea el delantalito y con el hocico paciente quisiera desatarle la lazada.

Por eso el Cascas se levanta y busca a la Molienda por el cortijo. Porque no hay rincón que él no domine en su nueva hacienda y que no escarbe a voluntad. Y, si ella se da cuenta y va al taller a esconderse, si le rehuyen sus caderas entre las vasijas del tintorero, él tendrá el poder de atraparla dentro. De cerrar el postigo y quedarse ahí con ella, si ese es su deseo. Y, si él le tira del pelo, le desarma el moño y le ordena callar, no hay lugar para la lucha. Si le excita el olor de su cuello y quiere aliviarse, ella no podrá negarse a que la empuje contra la mesa, a que sobre los mismos cuadernos le aplaste la cabeza, para dejarla quieta y que se deje hacer. Como una res aguantará el embiste. Sobre ese lecho que a todos les dará riquezas y que ahora le calma el ardor. Que le inunda todo el cuerpo.

Lo hará entre las vasijas de los caracoles, esas larvas convertidas en bestias, que se empujan traicionándose, unas sobre otras, arrastrándose, buscando sobrevivir. Pero ninguno podrá escapar. Se quedarán allí a la espera de pudrirse. Porque todo lo que hay ahí es suyo.

Que ese es su cortijo y está en su derecho.

Señorito y nuevo rey. Capataz de su único reino.

XXII

Quería vestirse de blanco y bordar su sueño de niña. Desde que el mundo era negro, desde que se había vuelto cenizas, la Tuerta había soñado con una tela suave que le calmara la herida.

Le había perdido el miedo a las calles y las habladurías. Sin mirar la pena caminaría la Tuerta, que, aunque la sombra siempre va por detrás, solo se la ve si se vuelve la cabeza.

Cuando se quitó el vestido de la seda del paracaídas, la Tuerta lo colgó en el armario. En el hueco que había quedado libre del marido y que ahora rellenaría con los trajes nuevos. Aquellos que cosería con la luz que se reflejaba en el patio.

Rebosaban en su mente los patrones. Los arreglos salían más allá de los figurines que se le armaban en la cabeza. Pues el recuerdo era como un molino abandonado, que a pesar de los años seguía girando.

La mañana del estreno, después del paseo por el pueblo, la Tuerta se sentó frente al hombre desconocido. Observó su rostro y el misterio que le cubría.

Desde aquella noche esos ojos no estaban vacíos, cuando ambos se descubrieron, la misma que ahora recreaban una y otra vez.

Quería agradecerle y después explicarle que de esa casa no iba a marcharse. Se quedaría allí con ella, en ese refugio de las afueras. Arropados los dos con esa tela que les había salvado la vida.

No había dudas del deseo. La Tuerta lo advertía encerrado bajo su piel blanca. El paracaidista todavía no hablaba, pero necesitaba desesperadamente las palabras. Y ella deseaba escucharle. Si no con la lengua, tal vez con la risa, como hacía con la niña muda. Figurarse de qué modo él hablaría cuando le dijera lo mucho que la quería.

Ahora estaba lista. Lanzaría el cubo al pozo y en la oscuridad agarraría la cuerda. Y, cuando la tuviera bien sujeta, tirarían juntos de ella.

De aquello debía encargarse el Santo Nuevo. Y si hacía falta rezar, ella hasta podría empezar de nuevo. Pues, si Dios quería disculparse, reconciliarse por todo lo que le había hecho, ahí la tenía. Aquel sería el mejor modo de hacerlo.

*

Al Santo Nuevo se le nublan los ojos. A veces no distingue más que los contornos. Es un trastorno que le sucede desde hace meses. Por eso el Santo se niega cuando alguien le ofrece merienda. Y cuando le sirven nunca lo acepta, pues si alguien supiera lo que calla, que hay una bruma en su mirada, se tambalearían las creencias.

Ha aprendido a disimular. Que ya tiene maestría el Santo Nuevo en ocultar lo sutil. Cuando expande el humo del incienso o toca en la frente para marcar las cruces o agita las hierbas, lo hace con un recorrido aprendido. Sabe cómo manejarse, y menos mal que nadie toma cuenta porque, si se saliera del camino, no sabría cómo volver junto al rebaño.

Con esos pensamientos ha tomado el Santo el sendero hacia las afueras. Cuando deja la iglesia atrás, se dice a sí mismo que no debe delatarse, que nadie ha de tomar nota de lo poco que cree. Es mejor que todos piensen que la sombra existe y que él se encarga de ella. Pues, si no, qué sería de aquella aldea.

Por suerte, nadie sospecha. Que no es solo la obra en sí, sino la esperanza que las gentes depositan en él. La creencia de que hay alguien que reza por ellos. Que no los abandona. Que limpia sus hogares y que está ahí para esparcir la gracia cuando creen que la sombra les acecha.

Le ha costado ponerse en marcha de nuevo. Pues aún le queda el regusto de lo último, lo de los Cascas. La desgracia de esa casa, que nunca había tenido tal sufrimiento, y de lo que pasó aquella noche con el Cascas Grande. Lo que ha preferido callar para no alterar a la hermana, pues la locura no es agradable para nadie.

Aún recuerda al Cascas dando gritos por la plaza. Que el Santo se lo cruzó cuando salía de la taberna. Y a saber qué le habían dicho allí dentro, porque, mientras huía, chillaba como un becerro. Aunque era fácil de suponer. El Cascas Grande había tragado tanto vino que se explicaba cualquier delirio. Pero esa noche lloraba como un niño chico, y era raro verlo así, tan grande y tan viejo, hablando cosas raras y pidiéndole consuelo. Que hasta le rogó que le ayudara a salvarse y le preguntó si existían los espectros. El señorito, aquel que nunca había temblado, acobardado por el pánico. Arrodillado ante él y preguntando si era posible que alguien regresara a la vida años después de muerto.

Gritaba tanto que el Santo no conseguía calmarle. A pesar de que le bendijo allí mismo, donde se lo había encontrado, no pudo darle alivio. Y el Cascas Grande corrió hacia su casa como si el mal le estuviera persiguiendo.

Desde aquel día siente el Santo una congoja que no le deja respirar. Pues una hora más tarde el Cascas se pegó un tiro. Y cree el Santo Nuevo que no hizo suficiente, porque ese hombre se mató muerto de miedo. Que habría sido mejor quedarse con él y calmarlo hasta que se le pasara el ataque.

Por eso se resiste a seguir sanando. Y remolonea cada vez que sale, como esa tarde, en la que llega hasta la casa de las afueras. Y todo por la obligación de dejarse ver por allí, por la casa de la Tuerta. La hija de la tintorera, que dicen que está distinta y que no es la misma de antes.

A pesar de sus reservas, se planta en la puerta. Pero, cuando entra, se encuentra a la Tuerta como a cualquiera, como a las mujeres que no han sufrido tanto, o que también tuvieron su pérdida pero no ese tormento.

La Tuerta tiene la casa bien dispuesta. Ni rastro del marido le queda. Que es como si lo hubiera enterrado. Las flores encima de la mesa y el azahar que le brilla en las mejillas. Ella saluda y le agradece, y después le lleva a la alcoba y le presenta al enfermo, al desconocido que no recuerda nada. Ese que dicen que tampoco habla.

Es por eso que le ha hecho llamar la Tuerta. Para ver si algo le rescata de la mente. Y piensa el Santo que a saber por qué llevaba en el costado ese agujero y si es verdad que cayó en el pueblo. Pues por ese cielo nunca han pasado aviones. Pero no cree el Santo que el caldo, las cruces o el humo del romero puedan hacer mucho por él. Poco podrá hacer un viejo nublado contra el poder del Todopoderoso.

Hasta ahí la cura habría ido bien. El Santo Nuevo le habría dado unas hierbas con el argumento de reanimarle la memoria. Una sustancia para contentarle, dilatar el tiempo y dar margen a que sanara por su cuenta.

Estaba dispuesto el Santo Nuevo a salir por la puerta, satisfecho con el servicio, listo para recibir la voluntad de la Tuerta, cuando por el pasillo apareció la niña sin lengua. Aquella criatura que parece que mirara siempre de cerca.

Le da miedo hasta hacerle la cruz sobre las cejas. Porque hay algo inquieto en esos ojos de aceituna, que miran como si penetraran y escucharan lo que piensa, como si supieran de él y de sus miedos.

Siempre ha rehuido a esa familia, a la sangre de los tintoreros. Y todo por el pánico que le agarrota la garganta. Porque, a pesar de los salmos, de seguir al Santo Antiguo, su maestro durante años, y de entregarle su juventud a las gentes de los montes, no consiguió los poderes. Por mucho que el Santo Antiguo dijera que sí, que él también tendría la gracia, no pudo traspasarle nada. No era eso lo que le dio el Santo Antiguo cuando estaba ya en el lecho y en sus párpados se veían las puertas del Cielo.

Esa familia lleva anudada al cuello la desgracia y el Santo Nuevo la rehuye porque le reconcome el recuerdo. La silueta de la Tuerta le conecta con los márgenes de la guerra y con su madre, la tintorera.

Jamás podrá olvidar el Santo Nuevo aquella noche de tormenta en la que tantos se marcharon al frente. A pesar del toque de queda, la tintorera llegó hasta su cueva a pedirle como fuera que ese aprendiz regresara. Y juntos rezaron hasta que amaneció.

Usó el conjuro del Santo Antiguo, el de la noche negra. El que le enseñó cuando aún curaba niños cojos y limpiaba orzuelos. Aquel rezo de la fuerza de Dios. El que pedía para los justos, las víctimas de esos tiempos. La plegaria por los inocentes que en la noche sin luna debía componerse y rogarse sin pausa. Y, a pesar de que imploró y lo repitió siguiendo uno tras otro los pasos, el conjuro no resultó. Porque la guerra se acabó y al aprendiz no se le vio más por el pueblo.

El rezo no sirvió de nada. Por eso el Santo sabe que para las cosas serias no tiene la gracia. Que eso se perdió al morir el maestro. Porque al final la tintorera se ahorcó y él siente la culpa por encima, la misma de siempre, que le sigue acechando.

Por eso teme el Santo Nuevo que le descubran. Que se sepa que su influjo es una farsa y que ninguna gracia corre por sus venas. Desde entonces lleva a cada muerto colgando de su alma. Y teme que alguien se dé cuenta y que la verdad, que solo es una, quede al descubierto.

Menos mal que esa niña no habla, que está muda y que de ahí no saldrá nada. Puede que ella lo sepa, y por eso ese modo de mirar. Que, si pudiera contarlo, lo mismo ya lo habría dicho a la madre y luego al resto de las gentes. Y entonces qué sería de él y de todos los que le siguen.

Si supiera un conjuro para asegurarse, ya se lo habría echado a la niña por el cuerpo. Pero no sabe el Santo cómo pedirlo. Que a lo único que alcanza es a retarle en la distancia, a hacerle creer que no se amedrenta ante esos ojos negros.

En silencio, el Santo Nuevo se santigua y le pide ayuda al maestro Antiguo. Reza, para que nada cambie. Pues si la niña muda despegara la boca, llegaría el desastre.

XXIII

A pesar del fracaso con el Santo, la Tuerta no se amilanaba. Irían adelante, solo que más despacio. Cada vez había más avances y puede que, con tisanas y sosiego, el enfermo acabara por rescatar alguna vivencia.

Y si no, qué más daba lo anterior. Pintarían juntos su propia pared de cal. Que bastante oscuridad había tenido la Tuerta. Para aquel futuro blanco, con un ojo le bastaba.

El puño contra la puerta sonó como de aldaba. No esperaba un ruido así la Tuerta. Hacía años que los vecinos rehuían ese lugar, pues quedaba lejos, y, cuando la gente cuchichea, nunca llega de cara.

Por eso piensa la Tuerta que ha visto un espectro cuando ve ante sí a la Alcuza, encorvada en el portón. La misma de sus recuerdos, pero con la joroba más grande. Y con más arrugas junto a los labios.

Se adentra la Alcuza por el pasillo. Acostumbrada al trato huraño, se abre paso hasta el sillón y pide un vaso de agua. No le queda resuello y ahora le es preciso tenerlo, que lo quiere para explicar lo que ha ido a hacer allí, donde aún no se sabe nada.

La Tuerta le sirve, pero se queda de pie. Resiste ante lo que quiera esparcir la Alcuza, porque no aguantará más ponzoña de fuera. Que las paredes de dentro no basta con encalarlas y, si alguien quiere envenenar, más valdría que se marchara.

Pero la Alcuza no viene en pie de guerra. Más bien busca alianzas. Que vengo a prevenirte, dice. Y la busca con el gesto. Atenta al ojo de la Tuerta. Ese que juzga lo que ve.

—Con qué derecho me hablas, Alcuza. ¿A qué has venido a esta casa?

—A advertirte, te digo. Que en el pueblo brota la desgracia.

—Cuándo se acordó el pueblo de mí.

—Nunca.

—Entonces, qué.

—Que eso no es lo que nos ocupa.

—Y qué más me da a mí.

—Qué quieres decir.

—Que de este costal yo no saco nada.

—¿Nada?

—No.

—¿Acaso no tienes nada con la Barda?

Las cien bocas aullando, las de la Barda, alertan del dolor, y la Tuerta las presiente cerca, como fuego en la atalaya.

No es posible que sea tan pronto, se dice. Que la dicha se acabe y que de nuevo se pasee la sombra por ahí. Por al lado de su casa. Si ella ha blanqueado todo, piensa la Tuerta. Si ese tejado luce y le brilla a Dios en la cara. Que nada se tambalea ya en las afueras. Pero sabe que se engaña, porque siente una estaca que le aguijonea el pecho y que no se calma.

La Alcuza le confiesa que el mal ha tocado la piel de la Molienda y que ese mal es el señorito, que la atrapó en mitad de la verbena y le clavó el deshonor en la espalda. Que suerte tuvo la Molienda de salir del taller en pie, con la falda chorreando de vergüenza, y de que nadie se diera cuenta.

La Tuerta aprieta la mirada que le queda. No quiere ver. No quiere figurarse lo que la Alcuza le cuenta. El dolor propio tiñendo a la muchacha. La gota del tinte que enturbia el agua. Y entiende lo que ha sentido, porque ella misma estuvo ahí, solo que dentro de su propia casa.

Pero prosigue la fatalidad. Porque la Alcuza sigue hablando y cuenta que la Molienda huyó en busca de consuelo y que lo hizo donde la Barda. Que, cuando la tía supo lo que había pasado, se fue en busca del señorito a cortarle el pescuezo. Y bien es cierto que lo consiguió, que irrumpió en mitad de la fiesta y con mano de hierro pinchó y rajó y se vengó de todo el fardo que cargaba.

Que podría pensarse que el arrebato era por la Molienda. Pero tú sabes bien, Tuerta, y como tú y como yo, también el resto, que en ese morral iba metido también lo del Pico. Que la Barda lo dejó bien claro en el camposanto. Y ya sabes, Tuerta, que, si a la Barda la buscan, la encuentran. Y en ese callejón no hay esquina por la que caminen dos a un tiempo.

Se quitaba el agua la Alcuza de las ojeras y no entendía la Tuerta el motivo. Puede que las lágrimas fueran por el señorito, pues ella misma lo había criado de chico. Estaba claro que por la Barda no era. Acaso sería compasión por la Molienda. Aunque a saber. Porque le dura poco a la Alcuza el temblor. En nada se recompone y habla y sigue diciendo.

Es por eso que me llego, Tuerta. A advertirte. Porque todavía no lo sabes todo, que una cosa me queda. Y es lo del cuchillo. Que la navaja que llevaba la Barda era la de tu hijo.

Cuenta la Alcuza que el Chico le dio su cuchillo a la Molienda. Que en el pueblo ya saben que la navaja verde era la suya, la de pastor. Y por eso creen que ha sido cosa de los dos, de la Barda y de él. Venganza por la honra. Así que me acerco, Tuerta, para que sepas que vendrán y os cercarán, y que se lo llevarán con ellos.

Al oír aquello, la Tuerta apoyó la mano en la mesa. Sintió el vientre desgarrado por el hijo, pero con un dolor distinto a cuando lo había parido. No se dio tregua para lamerse ni por un momento, y se iba ya a por el mantón del perchero cuando la Alcuza le cortó el paso.

—No vayas, Tuerta. Que la rabia rebosa por la verja negra.

Detuvo la vieja a la Tuerta con el brazo y siguió hablando. Que debía avisar al Chico, le decía. Mandarlo lejos. Que huyera y se escondiera. Unos días solo, en el monte, hasta aclarar el equívoco. Esperar a que se despejara la tormenta. Y una cosa más te digo, advertía, no quieras saber más de la Barda. Porque ahora está huida y nadie la encuentra.

Y qué será de ella, se pregunta la Tuerta. Y la Alcuza responde que eso no es su asunto y que si acaso la Barda es lo mismo que su hijo.

Hablaba anudando las frases. Avanzaba, retrocedía y seguía adelante, como cuando la Tuerta daba las puntadas. Como el punto que se hace con la lana. Y pasó a hablar de las culpas. Que la Tuerta debía librarse de sospecha hasta que la Cascas la perdonara. Y dice la Alcuza, porque solo ella habla, que ella misma se ha propuesto resolverlo. Que quiere encargarse, decirlo todo en la verja negra. Hablar por su hijo y alisarle el camino.

La Tuerta no comprende esa advertencia. Por qué ahora, tantos años después. Por qué la Alcuza. Y por qué a ella.

Y la Alcuza se incorpora. Arrastra su joroba hasta la calle. Y ante la mirada de la Tuerta, que la inspecciona, siente que se lo debe. Le da la respuesta.

—Mucha ruina te han buscado ya los Cascas, Tuerta.

Se da la vuelta y desaparece. Y cuando el ocaso se la come, la Tuerta cierra y encaja el postigo. Deja el mundo fuera.

LA SOMBRA

XXIV

Chico ha armado el zurrón. Se ha preparado para huir hacia el monte. Y la Tuerta, entre sollozos, le ha dado lo que tenía. Ha salido para verlo desaparecer entre las olivas, a perseguir su resquicio. Un último rayo que acaricia las ramas, pues, antes de que les llegue el negro, siguen siendo verdes.

La Tuerta vuelve a entrar en la casa. Se tumba en el jergón y deja que el día se marche. Que regresen las tinieblas, esas en las que mejor se maneja. Y en la espera se enreda y se vuelve ovillo de seda.

La casa es de nuevo silencio. Y en la quietud de la calma, que en realidad es alerta, nadie ve a la niña muda llorar en una esquina. Agarrada a sí misma, siente el frío porque nadie ha encendido la lumbre y por todo lo que le grita desde las tripas.

Nadie ve a aquella niña oculta menos el paracaidista. Que, al hallarla, acude, la levanta y la consuela. Pues para enjugar la pena no hacen falta palabras. Con los brazos es suficiente.

La niña muda se aferra al hombre de viento. A esa garganta muerta que la comprende, porque está unida a ella por su silencio. Se aparta un instante y le mira la cara. Le traspasa y llega por dentro del hueso. Siente la niña muda que puede liberarse. Y con los ojos le dice eso que ella sabe. El secreto que no quiere mirar, pero que ya está ahí, desenvuelto.

Qué es lo que ha hecho la Barda, piensa la niña. Que lo ha hecho por su hijo y estaba muy equivocada. Porque no, al Pico no lo mató el Cascas.

Y por vez primera se atreve la niña muda a volver atrás. A esa tarde en la que dibujó sus pasos con tiza para borrarlos más tarde. Para saltar a ese día en el que siente la sed. Cuando vuelve a la verbena. A la boca seca. La de después de la manzana de caramelo que le compró la Tuerta. A cómo fue a por agua a casa de la Barda. Que estaba cerca, al lado de la plaza.

Cuando llegó, la puerta estaba abierta. Y dentro encontró al Pico, que sí, que le dio el agua y la llevó a su cuarto a ver los pájaros. Los que atrapaba en el campo y metía en jaulas. Que él apresaba aves, le contó. Y hasta le enseñó la escopeta y cómo la cargaba con las balas. Pues con eso mataba perdices y menos mal que él sabía cazarlas.

Pero luego el Pico le agarró la mano. Se la colocó encima. Porque ahí tenía otro pichón. Un animal bien grande. Que la niña, al notarlo, se quedó quieta y no movió la mano. Hecha cristal cuando le palpó la carne. Y cuando ella entonces, ya sí, quiso correr para escaparse, el Pico la agarró, la tiró del pelo y la tumbó en el suelo. Que ella quiso luchar, porque aquello no le gustaba, pero la tenía tan sujeta que solo le salió un grito.

El Pico le escupió en la boca y le dijo que se callara, que eso no se chivaba. Que qué iban a pensar todos si lo decía. La Barda, Dios y su madre. Que era una niña mala.

Por un momento la niña se dejó hacer. Obedeció para ser buena. Aguantó la palma sobre los dientes mientras miraba los pichones de las jaulas. Sabía que no dirían nada, porque los pájaros no hablan. Y no quería pensar en los labios del Pico, chupeteándola. Pero entonces él relajó la mano, dejó de apretar para rebuscar más abajo. Y, al notar aquel alivio, el descuido de la fuerza, la niña peleó y arañó tanto que movió la mesa y tiró la escopeta.

Tenía la culata tan cerca que, cuando escapó, cuando pudo zafarse del asco que le daba, la agarró para apoyarse en ella. Y entonces fue cuando pasó, que los pájaros revolotearon dentro de las jaulas, porque ella disparó y le voló al Pico la cabeza.

Ya no había nadie de quien huir. Se había deshecho de la amenaza. Pero corrió hasta el lavadero, porque no quería estar ahí, con el Pico muerto.

Fue hasta la pila a limpiarse la sangre de la cara. Que no era mucha, pero le daba tanto miedo tenerla encima que tardó un rato en hacerlo. Y luego, cuando oyó que su madre entraba en la casa, se fue a buscarla para darle la mano, para que ella le diera calor y le quitara el susto. Para que la Tuerta le comprara otra manzana. Pero fue tarde, porque la madre estaba lejos, muy lejos cuando vio el desastre, los sesos del Pico untados en la puerta y la gente que chillaba y rezaba. Porque decían que lo que había pasado era la sombra por la casa de la Barda.

Pero si ella hablaba para decir que no, que solo de ella era la culpa, nadie la creería. O, si lo hacían, se la llevarían al cuartel. Por eso se dijo que no lo haría y salió de allí con la boca cerrada, firme en la promesa que le había hecho al Pico. Ese que, desde su hoyo, aún la mira, que la tiene bien sujeta.

Hasta ahora ella ha cumplido. Y lo hará mientras esa cara llena de gusanos le susurre tan de cerca. Que cuando pasa junto al hoyo, el Pico silba y jalea. No deja de molestarla desde debajo de la tapia, cuando le dice que le queda poco. Que pronto estará allí con él. Y con todos.

Pero es que la niña muda teme también por los que quedan vivos. Por que su madre deje de quererla o que le vengan más desgracias encima. Que lo mismo el Pico desde su cama de tierra puede hablar con la sombra real, la que en verdad les acecha. Y entonces qué sería de su hermano y de su madre. Así que no. No lo hará. Que si ella hablara, si se acordara de cómo hacerlo, no sería buena cosa. Se removerían las tinieblas y mejor es dejarlas estar.

Pero ahora qué. Porque la Barda está tan errada que ha ido a vengarse con quien no debía. No han pasado así los hechos. Y, si se descubre la verdad, que los Cascas no han sido, la Barda irá a por ella. Querrá más venganza. Y se llegará hasta allí para matarla.

Y es ahí, en ese momento, cuando el hombre le pone una mano en la cara. Como si él supiera que no está bien todo lo que piensa. Porque puede sentirlo y se espanta con lo que ve.

Nota la niña muda las ansias de apartarla de aquella tarde, cuando empezó a ser niña oscura. Siente que ese hombre es sincero, así que del bolsillo saca el caracol. El que lleva días alimentando y que sabe que puede compartir. Porque el paracaidista no sabe decir, pero, aunque lo hiciera, le guardaría el secreto.

Y entonces el hombre de viento toma el caracol y lo observa. Que, para hacerlo, le da la vuelta. La niña muda cree que está descubriendo algo. Pero no. Lo que hace el hombre es inspeccionar. Que le mete los dedos. Y los gira y tira del bicho para sacarle el saco morado. Lo aplasta y después enseña la palma, como si fuera un Cristo y acabara de proclamarlo.

Y es ahí cuando la niña habla. Porque es imposible ocultar más el eco. Las voces aletean y le forman palabras por el pecho. Se le salen por fuera. Se le derraman a la niña muda lejos, como antes de que todo pasara. En esa época breve de antes de la desgracia.

—Quién eres —le dice cuando le habla.

Porque la niña está hablando, sí.

Habla.

La niña habla.

XXV

Puede la Tuerta imaginarse el cuadro. Las manos de la Barda llenas de la púrpura del Cascas. La esencia corrompida manchándole los dedos en plena huida.

Los días del señorito han llegado a su fin, antes incluso de obtener beneficio. Seguro que no esperaba ver ese color brotándole del pecho, ni que esa fiesta fuera a ser la de su velatorio. No sabía el Cascas lo fácil que es sacarse las sangres y que, cuando se derraman, son todas iguales. La sombra es traidora y alcanza cualquier peldaño de la escalera.

Con la marca del crimen se ha llegado la Barda hasta la casa de las afueras. Porque ha conseguido zafarse. La sangre seca le mancha la muda y por eso ha estado en el monte, porque no tenía con qué esconderla. Quería ser prudente la Barda y se ha esperado a la noche para contarle a la Tuerta la venganza.

La he visto gritando, le dice al entrar. No sabes cómo rabiaba. Que la Cascas chillaba muy alto. Más aún de lo que lo hizo tu madre.

Y sabe la Tuerta que eso no le calma. Porque entiende el dolor de hallarse en ese lado. Que bastante amargura se le ha quedado en los labios para mojarlos con más sangre. Pero la Barda sigue metida en su propia ceguera. No ve más allá de lo que sí ve la Tuerta. Y dice que son los mismos y que son todos iguales, que por eso hay que matarlos. A la familia entera.

Y también dice que, si se la llevan al penal, lo mismo le da. Porque ya ha limpiado aquellas tierras y lo ha hecho con su brazo, que lleva tras de sí a todos los demás. El sacrificio le vale la pena.

La Tuerta ha tenido que recogerla. Porque quién es ella para negarle la mano. Que aún recuerda cuando la Barda se la agarraba.

Le entrega lo que le queda. El desayuno del día siguiente, lo único que no se llevó el Chico. La Barda tendrá que racionarse si quiere que le dure unos días. Buscar más con lo que alimentarse hasta que pueda alcanzar el tren. Esconderse tras las olivas y, cuando sea el momento, saltar al vagón para huir a otra parte.

La Barda ha dicho que hay algo más que lo de la navaja. Que, al llegarse al taller y ver los cuadernos, también se los llevó. Porque eran de la Tuerta y es ahí donde deben estar. En su casa. Los saca de debajo del blusón y los suelta sobre la mesa.

Y de qué le sirve eso a la Tuerta. De qué, si ya no tendrá a la Barda para abrazarla, ni podrá enseñarle las lágrimas para comparárselas y ver que son las mismas. Dos espejos que se miran y se muestran la vida con igual fondo negro.

Repasa la Tuerta las libretas bautizadas de pescuezo y llora por lo que significan. La Barda asiente. Le roza la cara. Mejor que una hermana, le dice antes de cerrar los ojos también, porque las dos oyen, a lo lejos, los perros que se acercan.

Sabía que era cosa hecha. Qué vamos a hacerle, se lamenta la Barda antes de correr hasta la pared encalada. La del patio, que ahora es de luna pero que casi no tiene reflejo. Porque esa noche el astro se oculta. Y, aunque la Tuerta le ruega que no, que no huya, la Barda sabe que sí. Que ese es su destino. Y que debe hacerlo si no quiere acabar como su propia hermana. Igual que acabó el tintorero.

Se amarra al jazmín, lleno aún de promesas, trepa y desaparece tras el muro. Al otro lado se escucha la caída. El estruendo del cuerpo contra la tierra. Sin disparos esta vez. Sin cuerda. Pero malograda para los restos.

Los gritos de los guardias la cercan y siente la Tuerta que lo que hay marcado en la cal es el fin de la Barda. La huella de sus pies escalando hacia el cielo es lo único que queda. Y por eso la Tuerta la besa.

XXVI

El viento baja por la ladera. Congela el monte el rumor del agua que dice, que cuenta, que a la Barda la han apresado y la han llevado al penal.

Allí se morirá de frío. Y es bien sabido que en la cárcel la torturarán. Todas las calles lo auguran. Al igual que presienten la sombra planear sobre los montes, porque el mal se avecina y desciende por la ladera y pronto cubrirá las olivas.

Hay que cerrar los postigos cuando se teme. Porque de normal la sombra no avisa, y con unos hechos como esos sería insensato quedarse fuera.

La Tuerta ya está lista para lo que va a sucederle. Sabe que, si a la Barda la han cogido cerca, poco tardarán los guardias en llegarse hasta allí. No dudarán en cuanto la Cascas lo ordene, que con alguien tendrá que pagar la afrenta. Sabe la Tuerta que ni con la Alcuza templando evitará su final.

Evoca la Tuerta la cara amarga de la Cascas. Que, mientras la piensa, puede verla desatada. Arrancándose el pelo a mechones y recomponiéndose después para ordenar que prendan a la Tuerta, que vayan de una vez a por ella y que se la traigan. La escucha voceando por detrás de la verja negra, para encargarse ella misma de lo que se merece. Dejarla ciega de nuevo. Esta vez para siempre.

Es lo más seguro que ocurra. Y, si no es así, será algo peor. Que ya se sabe la Tuerta las cartas que le tocan en cada jugada.

Se cree la Cascas que va a tener ese gozo, y no. Que nadie le decide a ella la muerte. Porque lo que pretende es dejarla muerta en vida.

Es por eso que ha dejado todo listo. Prepara su rastro la Tuerta y se acerca hasta la alcoba, allí donde la niña muda abraza la muñeca. La que ha sacado del cajón de antes de la guerra.

La Tuerta le dice a la hija que aguarde y que no abra a nadie. Que se quede y coma lo que hay sobre la mesa. Lo que no se llevó la Barda. Y que, si ella no vuelve, busque a la Molienda.

No va a desaparecer la Tuerta como ellos quieren. Suyo es el final del camino. Han de irse con ella los secretos de su sangre, y por eso se agacha ante la lumbre y le entrega los cuadernos. Los lanza y espera hasta que se consuman por completo, para que el fuego se los trague y guarde ese saber en el olvido de la muerte.

Después se acerca hasta él, hasta el hombre de luna que para su hija es de viento, aunque la Tuerta no puede saberlo. Aquel que fue enfermo y más tarde fue hombre.

La Tuerta le implora como a un Dios supremo. Le ruega que mire por su niña. Que no la deje sola, porque el hermano está huido y ojalá se encuentre lejos, muy lejos. Que presiente que está bien, pero nunca se sabe.

Se despide la Tuerta del paracaidista sin saber por qué cayó ante su puerta. Pero no le importa ahora ese misterio, porque siempre le agradecerá que llegara hasta allí para bordarle.

Yo te cuidé, le dice. Pero antes que yo, tú estabas ahí, a la espera. A punto de caer.

Empuja la puerta la Tuerta, decidida a afrontar su destino. Sin cubrir, sin luto y sin lastre. Sale a la noche que se espesa y, mientras avanza, se tiñe con ella.

Marcha hacia la senda que ya presiente, cuando se levanta la toquilla y saca aquello que tenía escondido y que ahora le guía el sendero. Lo único que va con ella.

Camino del cementerio lleva la Tuerta la cuerda.

XXVII

Desde la mañana intuye la niña muda la sombra sobre su cabeza. Se limpia el pelo de cenizas, como si el fuego manchara el mundo desde arriba.

Ha presentido la tragedia porque la lumbre la ha avisado. Con su crepitar naranja la ha advertido de la oscuridad y ahora entiende la niña a lo que se referían las llamas.

Cuando la noche se fue, la niña miró debajo del colchón y descubrió lo que le había dejado. Un último secreto. Sabía que aquel objeto no era para ella, pero sí la misión de recogerlo, ocultarlo y mostrarlo cuando fuera el momento.

Luego pasó lo que pasó. Y ahora no quiere la niña muda asomarse a la ventana. Porque la noche ha regresado y, cuando no tiene luna, el cielo le da miedo. Prefiere recordar a la Tuerta con su vestido de seda y con el aroma que desprendía. Ese con el que parecía que nunca había sufrido tanto.

Ahora la presiente, aunque no la vea. Da igual que la madre se aleje, porque sabe a lo que huele.

A eso que lleva humeando en la casa desde que se llevaron a la Barda.

Entiende la niña muda que no cabe llorar, porque ya ha derramado todo lo que debía. Solo queda esperar a que llegue el desenlace. Que el hombre de viento la abrace y ella pueda mostrarle, ponerle delante, aquello de lo que ha estado huyendo.

El fuego le ha contado que el paracaidista está ya preparado, que ya cumplió su cometido. Las llamas lo ayudarán desde su hueco de la noche. Por eso la baldosa, antes compañera de juegos, le ha entregado el detalle que sanará al enfermo.

La niña muda se toca el bolsillo desde esa mañana. Acaricia eso que atraerá lo que falta. Y, cuando la Tuerta hace rato que ha salido de la casa, le da la mano al hombre de viento.

Por vez primera, la niña no sabe lo que va a ocurrir. Y tiene miedo. El hombre le aprieta la mano. Parece que desfallece y la niña muda, que ya no es muda, se propone no soltarle. Le mira a través de la piel y entiende que el hombre que cayó, ese que ahora la ve desde el fondo, no debería estar en ese lugar.

Hace tiempo que el paracaidista también lo sabe. Este sitio no es el mío, parece que dijera. Porque yo dejé un cielo en retirada, un mundo en mitad de la huida. En pleno derrumbe, sí, pero que aún se caía.

Mientras se desmoronaba, había esperanza. Pero aquí solo hay ruinas.

La niña sabe que es momento de mostrar lo que ambos presienten. Saca la mano y lo enseña. Y cuando el hombre ve aparecer el avión de papel, lo toma con los dedos. Lo gira y lo contempla. Se lo lleva al pecho. Y se deja caer contra la pared hasta llegar a la tierra.

Entonces el paracaidista mira al cielo. Y recuerda el ruido del motor. Aquel zumbido que le atronaba los oídos. Las manos agarradas al hierro, a la espera del sitio exacto para lanzarse.

El hombre, el de entonces, aprieta en el bolsillo la concha del caracol. La que ella le entregó antes de marchar, cuando le besó y le hizo prometer que volvería. Ese caparazón que ahora es amuleto y le mostrará el camino de regreso.

Y, mientras el hombre que fue aprendiz aguarda la orden del piloto, reza con todo su empeño. Como entonces. Como si aquel caparazón aún tuviera el bicho dentro y siguieran tiñendo de morado las banderas.

Y, antes de lanzarse hacia el vacío, observa a su compañero de armas. El Cascas Grande, que viaja a su lado. Juntos han hecho la guerra y juntos parece que verán su ocaso.

A punto está el aprendiz de lanzarse. Aguarda la señal tragándose el miedo. Pero, cuando el piloto le habla, ya es demasiado tarde. Siente el desengaño en el costado. La navaja que le adelanta el fin y le abre las carnes. El Cascas se ceba después con la mochila de tela y lo arroja hacia el abismo.

Ahora el aprendiz cae con su rastro de color morado. Y se abandona, lejos de tantas cosas. Desciende hacia las olivas con su hilo de seda. Allí donde ella, años más tarde, colgará bajo las estrellas.

XXVIII

La niebla cubre los troncos del olivar. Expande su calma por encima de las ramas, esas que alguna vez se elevaron pero que ahora se guarecen bajo su manto.

Entre la humedad de las aceitunas se aparta Chico del mal. Pero tan fuerte han gritado los rumores que desde allí ha podido escucharlos. Ha dejado el refugio. Se ha acercado hasta la orilla del pueblo para oír, como hacía siempre.

Las voces le han contado que la Molienda se ha encerrado en las afueras. Que se aviva junto a la lumbre de su casa y que allí cuida de su hermana.

Cosa distinta fue lo de la Barda. Porque se la llevaron. La metieron presa y dicen que en la cárcel se quiso matar. Que ella misma se rajó el pescuezo. Pero sabe Chico que eso no es cierto. Que no ha nacido fuerza que pueda plegar a la Barda.

Al abrigo de la ladera se ha quedado Chico esos días meditando la huida. Porque ha de ser así y no hay cabida para más. Aunque una cosa le falta. Que bajará hasta la casa para llevársela. Y es la niña muda. Que en ese lugar maldito, muerto para él y para los que ya se fueron, no va a quedarse la hermana dentro.

Cuando en otra vida piense Chico en ese pozo, solo verá un agujero. Una noche que ahoga vidas y que entierra a sus muertos.

Y, cuando se llega hasta la casa de las afueras y toca la puerta, por dentro le abre la Molienda. Que casi grita al verlo. No por él, sino por la sorpresa. Que, aunque sabe que es peligroso tenerle cerca, qué más le da ya.

La niña corre por el pasillo y se le abraza a las piernas. Y Chico le pregunta si está lista, porque las dos se van con él.

La respuesta de la Molienda es la que él espera. Que dónde va a ir ella, le dice, si ese es su sitio y es ahí a donde pertenece. Entonces Chico le acaricia la trenza. Pues sabe que hay aguas que solo siguen su cauce. Y que, si las sacas de ahí, se secan.

Podría quedarse junto a ella para consolarla, como ahora, cuando los dos piensan en lo que le han hecho a la Molienda. Que no lo expresan, pero, cuando Chico entra en la casa, la aprieta al abrazarla.

Podría plantar resistencia. Luchar. Como la Barda. Pero piensa Chico en la hermana. Y en que, mientras él viva, no seguirá esa cuerda. Ni volverá a cortarla.

Chico prepara lo poco que han de llevarse y, cuando entra en el cuarto de la Tuerta, una brisa le estremece. Su olor sigue en las paredes. Nota su esencia acariciándole y diciéndole que sí, que coja el dinero y se marche.

Nadie sabe qué ha sido del paracaidista, pero la niña muda sí. Que lo vio perderse entre las olivas. Que se despidió de ella con la vista y le dijo que se quedara ahí, que alguien llegaría desde la aldea. Y llevaba razón, porque al poco llegó la Molienda. Que se agachó para abrazarla y darle calor.

Coge Chico la mano de la hermana y sale con ella. En esa puerta pintada de adioses se despide de la Molienda. Y le da las gracias.

Un cielo bien merecido por descolgar a la Tuerta. Por enterrarla en el hueco en el que la esperaban, al lado de lo que más quiso. Las gracias por señalarles el lugar con el ladrillo y por quemar esa cuerda que ha anudado tanta desgracia.

Y aguarda Chico a pesar del peligro. Espera una caricia en la boca, que sí, que le llega. Le dice adiós la Molienda con los labios y el Chico y la hermana se pierden entre la niebla.

Salen del círculo de las venganzas. Desvían el camino para llegarse bien lejos. Chico sabe que ese es su destino cuando mira el montículo y se despide de la madre. Pues, separada del resto, está la tierra de la Tuerta. La que ahora descansa junto a su madre y su padre el tintorero.

La niña muda también lo entiende. Y sabe que lejos de ahí no será muda, porque ya no habrá Pico. Que, por mucho que rabie desde su tumba, no le alcanzarán sus gritos. Porque ahora todo ha cambiado y el Pico está callado, que es su madre la que le tapa la boca desde el agujero.

La niña sabe que la Tuerta la protege, aunque se quede ahí debajo, porque también se va con ella, que la lleva en la maleta. Con aquel vestido blanco que se dejó en el armario y que ahora va dentro y se pondrá cuando crezca.

Juntos explorarán ese mundo que seguro que es largo y ancho. Le darán la vuelta. Eso es lo que se dice Chico cuando sube al tren y ve ante él el camino de hierro. La vía que los llevará lejos y que puede que algún día les traiga de vuelta. A desenterrar todo lo guardado, lo que se queda y les espera por fuera del cementerio.

Y, mientras lo piensa y ese mozo le pregunta cuál es su nombre, Chico se lo da. Le entrega esa palabra por tanto tiempo escondida. La que llevará prendida el resto de su vida, porque mejor colgarse palabras al cuello en lugar de cuerdas.

La palabra que ahora es la del Chico. Esa voz que ya no es de niño, sino de hombre. Aquel nombre rescatado. El suyo. El que le puso la Tuerta.

NOTA DE LA AUTORA

Desde niña he escuchado narrar las infancias de mis abuelos y el corte abrupto que supuso la guerra en sus vidas. La generación que estaba destinada a renovarlo todo mutó en una de personas traumatizadas. Silenciadas, en muchos casos. Cuando, si además se nacía mujer, el silencio se volvía más espeso.

Este libro nace de una sensación de injusticia que aún hoy perdura. Pues la violencia es como la piedra que cae en el lago. Sus ondas reverberan en el tiempo.

He llevado durante años esta historia atada a la espalda. Ha tardado en materializarse y no habría sido la misma sin la presencia de algunas personas. El camino de la escritura es largo y solitario, por eso veo imprescindible darles las gracias:

A Magda y a Curro por apostar por el texto. Por el cariño y los cuidados. Qué modo de editar tan bonito.

A Marina Sanmartín y Ana Mar Bueno por su fe ciega. A Elisa Ferrer y Laura Fernández por los buenos consejos. A Begoña Oro y David Lozano por el cariño constante.

A Eugenia Ábalos, Carlota Echevarría, Diego María Heras y Julia Heras, familia madrileña. Y a mis Intenses de Valencia, que son red y alegría.

A Diego Arboleda, mi camarada, porque cualquier otra palabra se quedaría corta.

A Álex Alonso, paracaídas de seda, y a Amanda por llegar al mundo y darme la mano.

A mi familia, que jamás me ha permitido olvidar de dónde procedo.

Y a Manuela Ogalla, mi abuela madre, que siempre se las arregló para sortear los silencios.